传说

幻影婆娑

游文中北
典化轴京
  线

北京非物质文化遗产保护中心
组织编写

杨劼劼 编著

北京出版集团
北京出版社

图书在版编目（CIP）数据

传说：幻影婆娑 / 北京非物质文化遗产保护中心组织编写；杨劢劼编著. — 北京：北京出版社，2021.10
（北京中轴线文化游典）
ISBN 978-7-200-16090-1

Ⅰ. ①传… Ⅱ. ①北… ②杨… Ⅲ. ①民间故事—作品集—北京 Ⅳ. ①I277.3

中国版本图书馆CIP数据核字（2020）第255415号

北京中轴线文化游典
传说
幻影婆娑
CHUANSHUO
北京非物质文化遗产保护中心　组织编写
杨劢劼　编著

*

北京出版集团
　　　　　　　　　　　　　出版
北京出版社
（北京北三环中路6号）
邮政编码：100120
网　址：ｗｗｗ.ｂｐｈ.ｃｏｍ.ｃｎ
北京伦洋图书出版有限公司发行
北京鑫益晖印刷有限公司印刷

*

787毫米×1092毫米　16开本　18.5印张　218千字
2021年10月第1版　2023年7月第2次印刷
ISBN 978-7-200-16090-1
定价：79.80元
如有印装质量问题，由本社负责调换
质量监督电话：010-58572393

总　序

　　"一城聚一线，一线统一城"，北京中轴线南端点在永定门，北端点在钟楼，位居北京老城正中，全长 7.8 千米。在中轴线上有城楼、御道、河湖、桥梁、宫殿、街市、祭坛、国家博物馆、人民英雄纪念碑、人民大会堂、景山、钟鼓楼等一系列文化遗产。北京中轴线自元代至今，历经 750 余年，彰显了中华民族守正创新、与时俱进的文脉传承，凸显着北京历史文化的整体价值，已经成为中华文明源远流长的伟大见证。

　　北京中轴线是北京城市的脊梁与灵魂，蕴含着中华民族深厚的文化底蕴、哲学思想，也见证了时代变迁，体现了大国首都的文化自信。说脊梁，北京中轴线是中华民族都市规划的杰出典范，是北京城市布局的脊梁骨，对整座城市肌理（街巷、胡同、四合院）起着统领作用，北京老城前后起伏、左右对称的建筑或空间的分配都是以中轴线为依据的；说灵魂，北京中轴线所形成的文化理念始终不变，尚中、居中、中正、中和、中道、凝聚、向心、多元一统的文化精神始终在中轴线上延续。由此，北京中轴线既是历史轴线，又是发展轴线，还是北京建设全国文化中心的魅力所在、资源所在、优势所在。

北京中轴线是活态的，始终与北京城和中华民族的发展息息相关。在历史长河风云变幻中，一些重大历史事件都发生在中轴线上，同时中轴线始终有社会生活的烟火气，留下了京城百姓居住、生活的丰富印迹。这些印迹既有物质文化遗产，又有非物质文化遗产；这些印迹不仅有古都文化特色，还有对红色文化的展现、京味文化的弘扬、创新文化的彰显。中轴线就像一个大舞台，包括皇家宫殿、士大夫文化、市民生活，呈现开放包容、丰富多彩、浓厚的京味，突出有方言、饮食、传说、工艺、科技以及各种文学、艺术等。时至近现代，在中轴线上还有展现中华民族革命斗争的历史建筑和社会主义现代化建设的红色文化传承。今天，古老的中轴线正从历史深处昂扬走向璀璨的未来，在传统文化与现代文明的滋养中焕发出历久弥新的时代风采。

北京中轴线是一张"金名片"，传承保护好以中轴线为代表的历史文化遗产是首都的职责，也是每一个市民的责任。以文塑旅，以旅彰文，"北京中轴线文化游典"是一套以学术为支撑，以普及为目的，以文旅融合为特色，以"游"来解读中轴线文化的精品读物。这套读物共16册，以营城、建筑、红迹、胡同彰显古都风韵，以园林、庙宇、碑刻、古狮雕琢文明印迹，以商街、美食、技艺、戏曲见证薪火相传，以名人、美文、译笔、传说唤起文化拾遗。书中既有对北京城市整体文化的宏观扫描，又有具体而精微的细节展现；既有活跃在我们生活中的文化延续，也有留存于字里行间的珍贵记忆。

　　本套丛书自规划至今已近 3 年，很多专家学者在充分的交流与研讨中贡献了真知灼见，为丛书的编辑出版提供了宝贵建议。在此，我们对所有参与课题调研、交流研讨的专家学者以及众多编者、作者表示感谢。

　　"让城市留住记忆，让人们记住乡愁。"北京中轴线的整体保护与传承，不仅是推进全国文化中心建设的重要举措，更是我们这一代人的历史责任与使命。只有正确认识历史，才能更好地开创未来。要讲好中轴线上的中国故事、传递好中国声音、展示好中国形象，使这条古都的文化之脊活力永延。我们希望"北京中轴线文化游典"的问世，能让历史说话，让文物说话，让专家说话，让群众说话，陪伴您在游走中了解北京中轴线的历史文化内涵，感知中轴线上的文化遗产，体验首都风范、古都风韵、时代风貌，不断增强文化获得感，共筑中国梦。

李建平

2021 年 4 月

目　录

前　言

一份珍贵的文化遗产
——从"八臂哪吒城"说开去

刘伯温、姚广孝建造"八臂哪吒城"的传说故事，脍炙人口。北京的老少爷们都知道。本书放在第一篇。

然而——

永乐皇上朱棣，1360—1424年。

刘基，字伯温，1311—1375年。

姚广孝，法名道衍，1335—1418年。

朱棣建北京，始于明永乐四年（1406），这时候刘伯温已逝去三十一年了。

姚广孝倒是赶上了朱棣建北京的时光，但明永乐十八年（1420）北京建成，这时候姚广孝也逝去两年了。再说，姚广孝奉朱元璋之请，随侍燕王朱棣，是明洪武十五年（1382），这时候刘伯温已逝七年了。也就是说，刘伯温之盛，在太祖朱元璋，姚广孝之极，在成祖朱棣，他们俩人各为其主，实际上并没有多少交集。

查看明史，真正落实朱棣建造北京城的是陈珪（1335—1419），姚广孝的同龄人。从明永乐四年（1406）北京工程启动，他就担任总指挥，"董治其事"，一直干到明永乐十七年（1419）他八十五岁上逝世，把自己最后的生命献给了北京城，获赠"靖国公"。

说到这儿，问题来了：那腾喧众口的刘伯温、姚广孝之"八臂哪吒城"，还不是"胡诌白咧"，"关公战秦琼"吗？！

不是的。

传说故事，是一种民间的文学，它更假诸口耳相传。"讲述""叙说"这一"口头文学"的传递，是它的生命，是它凭借以传流不息的翅膀。不是还有神话故事嘛，《山海经》《淮南子》，以至屈原赋、庄子经，神话的"文本"色彩更强于传说，庶民百姓、草民野夫，一代又一代人"传"着"说"下来，其间有添枝加叶，丰富着，也有"丢胳膊落腿"，衰减着，变幻着，演绎着，光怪陆离着，这就是"传说"这一文体的生存活力。"八臂哪吒城"渲染着、"吹嘘"着刘伯温与姚广孝的神力，这和我们熟悉的诸葛亮、关云长、岳飞、刘秉忠、纪晓岚……这数不过来的"大神"们是同一状态。岂有计较他们"胡诌白咧"，"关公战秦琼"的余地？

下面我们且寻究一下"八臂哪吒城"传说的"来路"。

中华人民共和国成立后，1950年5月，北京市文学艺术工作者代表大会（后来的"市文联"）在周恩来总理的照拂下召开，老舍任主席，梅兰芳、李伯钊、赵树理任副主席。

1950年底，袁珂的《中国古代神话》在北京商务印书馆出版；

至 1955 年，已经印了六版。这一文化现象，在文人圈里引起广泛重视，这其中就有一位叫金受申。金受申，满族人，清光绪三十二年（1906）生，成年后居于北京市东城区安定门内五道营 36 号。他曾是舒舍予任教北京一中的学生。后来素以教书卖文为生，1938 年在沦陷了的北京，一本《立言画刊》以每周一期的频率出刊，金受申成为其《北京通》栏目的主要执笔者。刊物办到 1945 年歇了，金受申从三十三岁至四十岁依奉七年，写了几百篇有关北京历史、文化与民俗类的文章。但是，沦陷区的出版物，其背后有日伪政权的影子，进入新中国，已是四十三岁的金受申当然显得"老"了，"旧社会过来的知识分子"，况且还有参与"伪刊"这一历史污点，"铟儿"。老舍出面说了情，"金受申这个人有用！都是耍笔杆子的，大伙儿帮衬帮衬他"，金受申得以在北京市文联落了个职。先是编《说说唱唱》，后是编《北京文艺》，不客气说，这都是金受申"手到擒来"的活儿。金受申积年养成的"毛病"，非动脑筋自己写点什么不可，非深入里巷、会三五野老聊点什么不可。袁珂走的是"中国神话"一路，以古代文典为宗；金受申挖掘的是"北京传说"的遗存（他做这件事，才没在"神话"或"传说"这些概念上绞脑汁呢），以芸芸众生的口耳相传为底。依托大的环境亦有好转，金受申轻车熟路——他转北京历史文化这盘"磨"早已"识途"了，况且又真下功夫——三更灯火五更鸡，他习惯于一荧灯下抠抠哧哧走笔的日子。天不我负！1957 年，金受申《北京的传说》由北京通俗文艺出版社出版；1959 年，其第二集由北京出版社出版。1981 年，北京出版社出了第一集与第二集的合编本，收录故事三十九篇。2003 年，北京出版社资深编辑杨良志对篇目做了选择，对文字做了凝练，留下二十六题，名仍是《北京的传说》（2004年还有个"增补本"），特别是请装帧设计张延宁排入二百一十八张插图，杨良志还于书尾写下了《金受申和他的著作》的重要介绍。这一本，堪称是纪念金受申在收集整理北京的传说方面巨大贡献的一座丰碑。

北京文史阅读界有句名言：京华掌故数金张。这里的"金"，即前文说的金受申。"张"则是指张次溪，他清宣统元年（1909）生人，年纪不到二十岁即投身北京文史掌故的搜集、辑录和整理事务，一生著录较金氏犹过之。在史海中翻检，以"北京通"为代表的金先生著作近百万言；张先生1934年"一鸣而惊文坛"的《燕京访古录》，1936年踔武前贤的《燕京岁时纪》……他们都未曾专门关注北京历史传说这一领域。新中国成立以后特殊的时代环境和文化土壤之中，滋养了金受申《北京的传说》这一佳木美卉。

说起来，本人应该承认自己是金先生事业的步趋者。2020年春，作为一名央视总台记者，我正在武汉前线拼搏，记录国家与民族抗击"新冠"肺炎的生死之战。北京的杨良志老师来信了：于"北京的传说"这一路径上，再做新的挖掘，怎么样？因为过去在电视节目的选题上，我曾就此有些积累，所以我的心中似有战斗的响应。但大疫当头，我哪里敢有半点分心？"五一"后回到北京，我拾检史资，从金受申留下的文化遗产开始，逐渐投入杨老师布置的任务中来。

北京市文旅局、北京出版社这次搞的是"北京中轴线文化游典"，那么这条"线"如何把握或者说这条"线"有多粗就是个首要问题。杨良志老师告诉我：他书房的一排书柜前，曾张挂了一巨幅老北京地图，他好多天来谛视久之。北京城最里边不是有个紫禁城的"小圈圈"吗，再往外，又有个旧皇城的"中圈圈"，然后就是老北京城墙围起来的"大圈圈"。杨老师说，"中圈圈"上，东边"东安门"这个点，西边"西安门"这个点，分别向南、向北延长出去，南到永定门城墙，北到安定门德胜门城墙，这可以画出一个长方形的条带，我们的"中轴线"当然真个是拘在一条"线"那就未免局促，在这条"带"上说话应该差不离儿。我也思谋着地图来琢磨，觉得这很可以。杨老师又说，我们不是做"申遗报告"，而是写为广大游人丰富充实的服务性文本，所以宽一点，窄一点，或者长了点，短了点，非关宏旨，关键是让大家爱读，读后能有收获。这也给我很大指导。

几个月来，捕捉（捕风捉影？）、挖掘（掘地三尺？）、选择（披沙拣金？）……硬扛酷暑，终于在约定的日期交上了这"中轴带"上的四十多篇故事。撂到桌上的打印稿被我读高中的女娃看到了，她"百忙中"粗拉拉地翻了下开头几页，"咳！'关公战秦琼'啊？"

"可恶的小妮子！"我不能不对她"开导"几句。这倒启发我写了这篇"前言"。还好，"百忙中"的高中生，之后拿起这沓打印稿，愣是一口气地读下去了，并且后几日学校暑期游览时还给同学讲了听……

杨劭劼

2020 年 8 月 22 日　处暑

第一辑

传说，让城市寻到根脉

鲜鱼口 张维志绘

"八臂哪吒城"的建成

朱元璋在南京建立了大明朝，把自己的第四个儿子朱棣封在了北京这块地面上，还给他封号为"燕王"。后来朱元璋根据"传长传嫡"的帝王家事，立了自己的长孙朱允炆继皇帝位，年号建文。建文帝的这个四叔燕王朱棣，此刻可就不甘心了，于是起兵反抗自己的侄子。他率领燕王军横扫了南京以北的区域，史称"靖难之役"，即民间流传的"燕王扫北"。

毕竟是造反起家，所以燕王称帝后雄心勃勃地要在"根据地"北京修建一座新都城。他嘱咐工部的大臣专门经办这个事。但是大臣慌忙地推却，赶紧跪地奏明皇上说："北京这块地方，原本是苦海幽州，在那里孽龙肆虐横行，百姓不得一日安宁。要在北京建立个城市，小臣我可是不敢承担。您啊还是从长计议，派法力高强的能人强人去吧！"皇帝一想，这话有理啊，没有上知天文下知地理、道行高深又能降龙伏虎的高人，兴建一座空荡荡的危城可不值当啊。于是皇上就问了诸位随他征南讨北的大将，"爱卿们，谁能给我修建北京城呢？"大家谁都不敢领命，最后这个重任落在了大军师刘伯温、二军师姚广孝的头上。

明太祖朱元璋像

两位军师硬着头皮领了重任，马不停蹄地来到北京。为了取得第一手材料，两位军师早出晚归地去勘察地形。为了既省时间，又能全面地了解北京的地势，两人一个人住东边，一个人住西边；一个人从北往南走，一个人从南往北走。他们还想着暗自较量一下，共同约定十天以后背对背坐在一起，亮一亮真手艺，各自画出自己所设计的北京城。两人存着比试的心思，都想画出个厉害的城市图样来。

两位军师每天仔仔细细地走南串北，看着天象也寻着地脉，哪儿是宫阙哪儿是市集，什么地儿屯兵什么地儿建衙……他们随手如同画符一样，设计着北京营建图样的点点滴滴。勘察过后，每天两人都各自把规划图添上几笔。一连几个白天走得太累了，终于到了第八天的晚上，他们画着画着就恰好同一时间里，各自迷迷糊糊地睡着了。日有所思，夜有所梦，两位还在琢磨着北京城市的大模样：这个呀那个呀，究竟该怎么摆才更有道理、更合适……

八臂哪吒城

　　就在这俩人睡梦中，他们各自都听见有个孩子腔调的声音说着："照我的样子画！照我的样子画啊！"这是谁呀？长啥样儿呀？刘伯温和姚广孝梦着想着，眼前同时出现了活泼泼一个红孩子模样：头上梳着小抓髻，眼睛大大有神，半截腿露着，光着两只小脚丫，穿着红袄短裤子。身上的红袄很像一件带荷叶边的披肩，肩膀两边还有浮镶的软绸缎边儿，风一吹就像几条膀臂舞动似的……稍微想一想，觉得这红孩子真好像是传说中的哪吒啊。

　　一夜过去，是两人开始踏勘绘城的第九天啦。刘伯温吃完早饭，带了一个随从离开东城住地的院子溜达去了。他为什么今天要带随从呢？为的是叫随从也帮助他，看看梦里遇到的童子能不能在白天也有偶遇，是不是大仙哪吒。在西城住的姚广孝，也是这个心思，也带了一个随从出去找哪吒。两个军师，虽然一个住在东城，一个住在西城，可是心思都是一样，听见的话都是一样，碰见的孩子都是一样……巧了巧了，今天他们在街头终于碰见那梦到过的红袄短裤子童子啦。刘伯温、姚广孝大白天里碰见的小孩子，还穿的是红袄，还穿的是短裤子，随着蹦跳着跑起来，那上衣的软绸子边儿加上他自己白乎乎圆滚滚的胳膊，一共恰好是八条。刘伯温看了心里一动：这八臂哪吒大仙，显露了真身，就是来提醒指引我的嘛！一边想着，他就赶紧往前追，想揪住这个小孩子细细瞧瞧。没想到刘伯温追得快，那小孩子跑得更快，只又听见一句"照着我的样子画，不就成了嘛"。那小孩子就瞬间跑得没影没踪，再也瞧不见啦。刘伯温的随从，眼前只

刘基（1311—1375），
字伯温，浙江青田人。
元末明初政治家、文学家，明朝开国元勋。
著录收入《诚意伯文集》

看见军师爷一个人，忽然在空旷无人的街巷中飞快地跑起来，还拉拉
拽拽想要扑上去抓什么东西，他不知道是怎么回事，就在后面直喊：
"大军师！军师爷！您跑什么呀？"刘伯温听见了喊声，就停住了脚
步问随从："你看见一个穿红袄短裤子的小孩子了吗？""没有啊！咱
们走了这么半天，不就是我跟军师爷吗！其他一个人也没瞧见呢！"
刘伯温心里明白：这一定是八臂哪吒显灵啦。那姚广孝呢？姚广孝也
碰见了这么一个小孩子，也追那个小孩子飞跑来着，也听见了那么句
话，他的随从也没看见有啥人路过，他也明白了这一定是俗称"三太
子"的八臂哪吒来显灵啦。

　　哪位神灵能够驱邪除恶，是孽龙的克星呢？那就是八臂的哪
吒——这位威灵显赫的童子，才能镇住这群孽龙！从唐代和宋代开
始，一直总是孩童形象的哪吒，已成为重要天神，他具有降伏恶魔、
随军护城和降龙除旱的高强法力。哪吒既能守护皇帝和群臣百僚，殄
灭叛逆邪魔，又曾侍从托塔天王领兵援城，正是保护京师最理想的神
灵。况且他又有降龙祈雨的法力，而北京水资源匮乏，急需这样的天
神坐镇除难呀。刘伯温和姚广孝这两位大军师，俩人心里豁然开朗，
提笔分别画下了自己勘察的规划图，并且对北京城墙城门也画出了大
致模样。

　　终于等到了第十天正午，在北京城中一个大空场上，端端正正摆
下两张桌子，背对背搁着两把椅子，刘伯温来了，姚广孝也到了。刘
伯温说："二军师朝哪面坐呢？"姚广孝说："大军师住在东城，就朝东
坐，小弟朝西坐。"两个人落了座，有随从给摆好了笔墨纸砚，两位军
师拿起笔来，唰唰唰地画起来。心中有数，下笔如风，半个时辰过后，

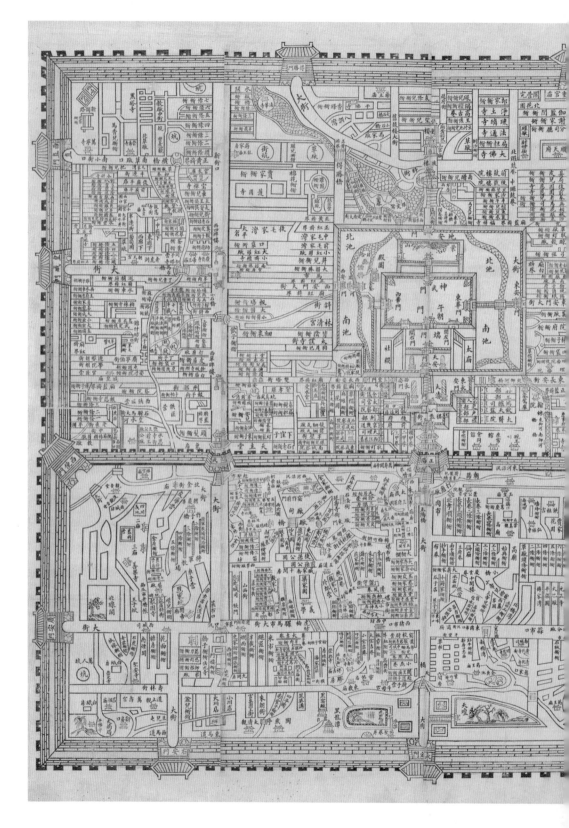

清乾隆年间的《京师全图》

两个人的城图就画完了。姚广孝拿起大军师画的城图来看，刘伯温拿起二军师画的城图来看，俩人对看一下，都哈哈大笑起来，居然两张城图大致一样，都是"八臂哪吒城"的模样！

姚广孝请大军师给讲讲怎么叫八臂哪吒城，刘伯温说："这正南中间的一座门叫正阳门，是哪吒的脑袋。脑袋嘛，就应该有耳朵，瓮城东西开的门，就是哪吒的耳朵；正阳门里的两眼井，就是哪吒的眼睛。正阳门向东，有崇文门、东便门，东面城墙上建有朝阳门、东直门，是哪吒这半边身子的四臂；正阳门向西边就有宣武门、西便门，加上西面城墙建起的阜成门、西直门两座城门，是哪吒那半边身子的四臂；北面城门只有两座，那就名为安定门、德胜门，是哪吒脚踏燕山的两只脚。"

姚广孝点了点头说："您这叙说也是高明。可这哪吒没有五脏，空有八臂，那可不是活神仙呀？"

刘伯温脸红了，皱了一下眉头说："死哪吒可是镇服不住孽龙！"说着，急急地一指城图，"那城里四四方方形儿的是'皇城'，以后君上皇家就全都住在这里。皇城是哪吒的五脏，皇城的正门——天安门是五脏口，从五脏口到正阳门的哪吒脑袋，中间这条长长的平道，是哪吒的食道。"

姚广孝慢条斯理地说："大军师且别着急，知道

009

您画得挺细致！您且转过来看我这图，您看我这笔底下，可还给北京城营建了骨血呢。看城中间那条贯穿南北的主线，是哪吒的脊梁骨，该是这座大城的中轴线；那些横过来的哪吒的肋骨，是这座大城中的胡同街巷。里面住的臣民百姓，都是支撑帝国兴旺的子民啊！""八臂哪吒城"的"北京城图"，就这样在两人你一言我一语的对话中越加完备，最终画出来了。

朱棣皇帝看了图纸很高兴，就批准执行了。后来施工营建时，大大小小很多细节就都按照着两位军师合力绘制的图纸干起来。因为规划得不含糊，干起活儿来也就一路顺利，没有多长时间，一座功能齐备，又契合着天文历算、阴阳五行之术的新城就建设好了，这就是大明朝的首都——北京城。

现今流传的这刘伯温、姚广孝建造哪吒城的故事，多是采集自庙会老艺人的已经传了上百年的说唱。不过北京城作为季风气候区的古代名城，历史上饱受水旱困扰：或天旱缺雨，水源不足；或淫雨不止，积水成灾。这些自然环境的背景也是"哪吒城"传说产生和流传不衰的重要原因。

至今还有北京民谣在传唱：

刘伯温，造北京，
建了一座哪吒城。
里九外七皇城四，
前门楼子在正中。
……

助修天坛圜丘坛

　　天坛建成于明永乐十八年（1420），是明清皇帝专门用来冬至祭天和孟春祈谷的场所，是中国乃至世界现存规模最大、保存最完好的古代建筑群之一。天坛的布局呈"回"字形，北圆南方，象征天圆地方。

　　明朝皇帝在来此祭天前，都会在天坛内的斋宫斋戒三天，再进行祭天大典。自清雍正皇帝开始，因为又在紫禁城内新建斋宫，所以斋戒仪式改为在紫禁城的斋宫斋戒两天。皇帝进行斋戒的时候，须要不问刑名、不宴会、不听音乐、不近女色、不喝酒、不吃荤等。按照大礼安排，皇家的祭天仪式共分为九步，第一步是燔柴迎帝神，第二步是奠玉帛，第三步是进俎，第四步是初献礼，第五步是亚献礼，第六步是终献礼，第七步是撤馔，第八步是送帝神，第九步是望燎。祭天的整个过程中，要隆重奏乐以烘托气氛。

　　天坛内的圜丘坛，是历代皇帝冬至祭天的地方，又叫拜天台。

圜丘坛旧影

人们走在台上，如果用心观察一下，就会发现台面、台阶和栏杆所用的石块数起来都是九或者九的倍数，这是非常神奇和讲究的一座建筑！

在民间传说中，为了修建圜丘坛，南宋数学家秦九韶专门从天宫派神童前来相助，所以才处处体现了整体建筑的"天"的至高追求。

话说乾隆皇上曾经多次来天坛的圜丘坛拜祭，但征战天下屡屡获胜并自视为"十全老人"的他，总是嫌弃圜丘坛面积狭小，不够大

气，显示不了自己的文治武功，更和他所展拓的大清广袤国土很不相称。于是他就下旨要重修圜丘坛，不要在乎银钱，只为了体现"天子"的派头。

宫廷内负责营建的工部大员，赶紧拆除了旧坛，开始筹备新建这一浩大工程，连夜安排几名工匠画出了拟建的圜丘坛图样。乾隆专门带着群臣来到天坛视察，他拿着图纸左看右看，"唔，还不错，这高坛一望无边，祭坛是圆圆的台面，汉白玉栏杆也有肃穆庄重之感。"

这时候，有个爱拍马屁，而且和工部大臣一直面和心不和的臣子走出来，跪倒在地拱手说道："启禀皇上：祭天不是那么随意的。古有天数之说，天为'阳'，地为'阴'，奇数为阳，偶数为阴，不知工部大人设计的砌筑石料，用阳数还是用阴数啊？"

这一席话，把皇上问住了，把那工部大臣也问傻了。

皇上想了想说："对，要阳数！从台面到台阶，一律用阳数！"

这个大臣还不忘补充一句："按照咱们皇家的规矩，十以内的数字中最大的阳数是九！九就是长长久久，最佳！"

工部大臣也会"甩锅"啊，赶紧挥手召唤来工匠头儿。这下可急坏了工匠头儿，老实巴交的他来到圜丘坛工地，怎么也计算不出，如何能在个圆圆的坛上体现出处处有"九"的办法来。皇上反复催问他，必须要抓紧设计更契合天地灵气的圜丘坛，他胆战心惊地回禀："还没算出来，请皇上再容三五日。"

此刻，出馊主意指明要"九"的大臣阴阳怪气地说："旧的圜丘坛已毁，用料也备齐，民工们整日无事可做，坐

圜丘坛的形制规范，是经过皇家御批的

吃白饭且不说，若是耽误了皇上祭天……"

话没说完，皇上火冒三丈，一声喝令："斩！"

这"斩"字一出，工地上准备施工的上千工匠的性命就危在旦夕了。工匠头儿一个劲儿地磕头说好话，保证三日之内齐备了一定能开工。

到了第三天晚上，工地上来了一个穿着破破烂烂，但是面庞却干干净净的小乞丐，向工匠们讨点吃食。愁眉苦脸的大家，告诉小乞丐："我们还泥菩萨过河——自身难保呢，给你点吃的？没有，没有。你啊，快走吧！不抓紧走，要有灾祸降临啊！"

可这小乞丐，硬说他力气大，能干活儿，只要给口饭，想留下来给大家打下手当小工，一定不误了事儿。工匠头儿听见这边闹哄哄

圜丘坛之天心石

的，赶紧跑来露面，他说："这儿的活儿干不成了。"小孩儿说："干不成了，你们怎么不走啊？你们不走，我就要留下来混口饭吃。"

工匠头儿原本正一个人坐在工地边的屋里喝闷酒，他呀，也是山穷水尽没辙了。见大伙儿和这小孩儿争执不下，他也怪可怜这小孩子的，就拿出好吃好喝款待这小孩儿，盘啊，碗啊，摆满了不大的简陋小餐桌。他招呼着孩子："多吃点多吃点，反正明天我也吃不上了……"

这孩子只管低头吃喝，一言不发，给多少吃多少，吃什么都倍儿香。等吃完了喝完了，扯下一块本来就显得破烂的袖头一角，抹抹嘴，随手把油花花的破袖头往小桌子上一扔，"噌！"一声，一溜烟儿跑到正在打地基的圜丘坛正位置，没影了。

工匠头儿和一帮工匠都觉得奇怪，纷纷愣住了。工匠头儿回屋仔细一看，那破袖头的布角上，有个工整的"秦"字，再铺平细看，横横竖竖的笔画断断续续，里面分明隐藏的就是一张祭台的图样啊！

工匠头儿如获至宝，在小桌上摆了图纸开始誊画。他算呀，数呀，画啊，怎么做怎么对。这坛面一层是九块扇面形石块，二层是十八块石块，三层就是二十七块……以此类推，到第九层正好八十一块。第一层台面的直径是九丈为一九，第二层台面直径是十五丈为三五，第三层台面的直径是二十一丈为三七，三层台面直径总和为四十五丈，象征九五至尊……

最高的第三层，每面栏板十八块，由二九组成，四面共七十二块，由八九组成。第二层每面栏板二十七块，由三九组成，四面共一百零八块，由十二个九组成。第一层每面栏板四十五块，四面共一百八十块，由二十个九组成。这台阶也是九的倍数，这栏板还是九的倍数，整整三百六十块，与历法中的一周天三百六十度的数目相同。

数学家秦九韶

高，实在是高！从坛面到栏板，层层块块，都显示了高超的智慧！

这小孩儿是谁呢？

他突然想起了破袖头上的"秦"字，他明白了，原来是编写有《数书九章》的南宋数学家——秦九韶大师派神童前来帮助自己了。《数书九章》全书，共九章九类十八卷，每类九题共计八十一个算题。"秦"大师成仙，正是因为对"九"的研究足够深厚啊！

工匠头儿喜笑颜开，连夜画出"九九图"呈送给工部大臣，上报皇帝。

第二天皇上焚香礼拜，圜丘坛终于开工了。而那个心怀不轨、专门挑事儿的大臣，在这一局中彻底输掉了！

最后再说一个妙事：2020年7月7日进行的全国高考，理科数学考试的第四题就以计算北京天坛的圜丘坛铺设的石板数量为背景，考查考生的分析问题能力和数学文化素养。"天坛的圜丘坛，分上中下三层，上层中心有一块圆形石板（称为天心石），环绕天心石砌九块扇面形石板构成第一环……已知每层环数相同，且下层比中层多七百二十九块，则三层共有扇形石板多少块？"

题目让即将成为"进士"的高中学生，对圜丘坛有了进一步的认识，培养学生理论联系实际的能力。但是这道题你会做吗？

要不要也请个仙童来告诉你啊？

答案是圜丘坛共使用了扇形石板三千四百零二块哦！

"回音壁"的命名

明代开始修建的天坛系列建筑中，皇穹宇的围墙，似乎比它的本体建筑更有名。那堵墙是围括着皇穹宇和东西配殿的高大的圆形围墙，被人们称呼为"回音壁"。它的周长是193.2米，直径61.5米，墙高3.72米，厚0.9米。

如果两个人分别站在院内东西配殿后的墙下，都是面向北方对着墙低声说话，可以像打电话一样互相对话聊天，两人的话语问答能彼此听得一清二楚，很是奇妙有趣，这就是"回音壁"得名的由来。

从现代科学原理解读回音壁，则是它巧妙运用声波反射原理，形成具有独特声学效果的建筑物。为什么会有这种奇妙的现象呢？因为围墙是圆形的，且又磨砖对缝没有什么波折散射，墙面十分光洁，再加上围墙顶部又覆有檐瓦，使得声波不易散失，所以声音便可沿着圆墙连续反射传递，而产生回音了。

皇穹宇旧影

天坛回音壁内的正殿是皇穹宇，供奉神位的场所。皇穹宇的两侧则分别是东配殿和西配殿，各供奉日月、星辰和风雨雷云诸神神位。

传说这回音壁的"传话"特点，在整个明朝时期都没有被人发现，毕竟此地是神圣的皇家祭祀场所啊，谁敢大声喧哗来组队试着玩回音呢？到了清朝，这个大胆会玩的人出现了。

谁呀？乾隆皇帝呀！

有一天，乾隆带着两名大内侍卫，出宫来到了天坛皇穹宇这里。毕竟是微服私访，又没有带着銮驾，所以乾隆皇帝走得疲惫了，就随意靠着西墙的内圈墙里面坐下休息。迷迷瞪瞪中，突然几声青蛙"呱呱"的鸣叫，仿佛就在乾隆的耳边炸响。文武双全的乾隆猛地站起身来，拔出宝剑四处环看，眼前却空无一物，别说青蛙蛤蟆，连蝌蚪都没有啊。他面朝南方，因为皇穹宇的进门门洞在南边，所以压根就没什么响动；面朝北望向宫殿的后身方向，青蛙紧张的哀鸣一声声清晰得很，还能听到青蛙"扑通"的跳步声……

乾隆皇帝对两个侍卫说："这青蛙可不能在祭天的地方聒噪，这是可恶的大不敬啊，你们快快把它赶出去！"两名侍卫小跑着赶紧一东一西顺着墙根闻声找寻，发现在回音壁内的北墙偏东的位置，就是皇穹宇殿后，有一条两米多长的锦蛇正追咬着大青蛙要把它吞进肚子里。两人一左一右，见到长蛇猎蛙后，更是紧张："这条长蛇这么吓人，要是惊着圣驾可不得了！"于是两人就商议起了驱蛇打蛇的办法。这时乾隆帝闻声走到东墙边儿来了，说："我在西墙那边，就听到了你俩的谈话，听得真真的。这长蛇不可怕，也没什么忌惮的，你们直接把它斩死就可以了。我还回到西墙去。"

侍卫们挥刀斩蛇。但是那青蛙的聒噪、蛇的翻滚声和吐芯子的咝咝声，乾隆皇帝却在西墙这边听得一清二楚。就算看不见，却如同听现场实况直播一样……两个侍卫的交谈和喘气，也在皇穹宇自东向西环绕的内墙面上清清楚楚地回荡。

这是大山谷里，或者是又长又深的隧洞里才应该有的回音啊。乾隆对着墙面喊话，命令两名贴身侍卫在东墙下面继续随便说点什么，果然一句句都传递过来，皇帝在西边也可以听清。这当儿，乾隆惊喜地连声说："妙哉！妙哉！"接着又说，"我来给这里起名吧，叫

回音壁

'回音壁'吧!"

回音壁的名字就是这么得来的。

回音壁里的相互问答,声音悠长,给人造成一种"天人感应"的神秘气氛。

从科学道理上而论,人们讲悄悄话,一般在六米以外就听不见。而在回音壁边上讲,传播却要远得多。有个科学测试,是让两名同伴分别在直线距离为四十五米的回音壁内两处轻声对话,彼此还听得清清楚楚,就像在眼前说话一般。按照墙面圆形的长度统计,算是声音传递了一百二十九米呢。

天坛内还有两个声学奇迹。其一是皇穹宇殿前的三音石,游人

皇穹宇殿前的三音石

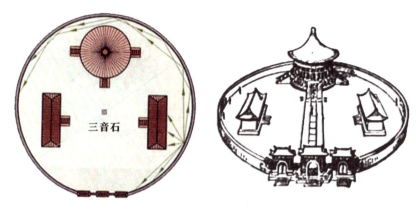

天坛内声学奇迹

们可以到这里鼓掌，鼓掌一下，可以听到五六次回声。再一个声学奇迹是圜丘坛，人们登上坛顶，站在圜丘坛的天心石上，又是喊话，又是拍手，这时听到的声音特别洪亮。这又是什么缘故呢？原来人们站在坛中央喊话，声波从栏杆上反射回耳边来，回声比原声延迟时间短，以致相混，说话人无法分辨原音与回音，所以站在中央的天心石上说话，入耳声音格外响亮。

有作家写文章讲到人世间要"回报"，他也拿回音壁做比喻。他说：人与人之间的感恩与爱，最好的形态就是辽阔光滑的回音壁，给予和回馈的亲情，回响折射，往来传递，会变成充满感人力量的"爱"的轰鸣……

世界奇柏
——天坛九龙柏

　　柏树常被人们称为是吉祥昌瑞之树，因为它常青长寿、木质芳香、经久不朽。历代帝王都祈望自己的江山永固，万代千秋，因此在皇家坛庙、园林、陵墓地等会种植大量柏树。

　　天坛中的古树有6万多株，其中古柏竟有3600多棵，且大多种植于500多年前的明代，被人们视为"神柏"。

　　这里极负盛名的九龙柏，高11.5米，胸径1.2米，冠幅6.7米，堪称世界上独一无二的奇柏。它位于皇穹宇的西北侧，至今已有580多年的树龄。它的树干挺拔粗壮，表面遍布纵向沟壑；这些沟壑奇特地把树身分成9股；随着主干的升高扭曲上升，就像9条龙盘旋腾飞，因此得名"九龙柏"。它的树冠长得蜿蜒起伏，枝叶在风中婆娑摇摆，有人说这是在迎接圣上的到来，于是这道景又被称为"九龙迎圣"。2018年它入选北京"最美十大树王"。

天坛九龙柏

这棵奇异的古柏流传着这么一个有意思的故事：

明朝时，京城遇到了严重的旱灾，接连几个月未下一滴雨，永乐皇上带领一队人马又一次来到天坛祭祀，祈求老天保佑——既然是老百姓的传说，当然也就顾不得皇上求雨该到哪个庙去的事情啦！

求雨仪式结束后，永乐帝感到身心疲惫，便让随从在皇穹宇围墙下放上一把椅子，圣上要稍稍休息一会儿再回宫。

永乐帝刚闭上眼睛，忽然隐隐地听到窸窸窣窣的声音。这声音忽大忽小，若有若无。永乐哪还能静心休息呀，他命身边随从赶快探个究竟。

随从很快回来禀报：不远处的墙根下有几条小蛇在蠕动……永乐帝一听，马上起身去看：只见小蛇互相缠绕钻来钻去，一、二、三、四……共有九条！小蛇被人声惊动，突然齐刷刷一下子不见了！难道是都钻入地下了？永乐帝视蛇为敬物，从来都是要善待它们的！永乐帝立即让随从小心挖地寻找。奇了怪了！挖了一大片地，也不见一条小蛇的踪影。说时迟那时快，就是在眼面前，这块被挖得深深浅浅的地皮上，突然一声巨响，一棵柏树拔地而起！永乐帝一行人惊呆了，再细看这棵柏树：树干表面纵向布满了沟纹，大大小小共有九条，犹如九条龙腾飞。永乐帝大喜，随口说出："这是九龙柏呀！"

如今这棵九龙柏经过了近六百年的风风雨雨，树干上的小龙也都变成大龙了，这树成为了世界上罕见的一棵奇柏。

凡来天坛公园的游客都要亲眼一睹九龙柏的风采。人们还常常围在它的周围，不时地伸出双手，手心对着树干，会感到有一股股的凉风吹来。

此外，天坛内的五百年以上的古树名木，都挂着红色的名牌。其中九龙柏、柏抱槐、问天柏、迎客柏、莲花柏、卧龙柏等古树名木，以其饱经沧桑造型奇异而被人们赋以嘉名，寄托着美丽的遐思和理想。它们都是古都风貌的代表。

柏抱槐：在祈年殿的东边，这棵粗壮的古柏中央，长出一棵高大的国槐，人们称它为"兄弟树"，象征着友谊、互助、团结。

问天柏：在皇穹宇西侧，这棵柏树树冠只有一前一后两枯枝；一扬一垂，好像古人峨冠宽袖，昂首向天，指而斥之。

迎客柏：在成贞门西垣南，其树干的枝条大多长在西侧，蜿蜒起伏，像伸出一只大手迎接八方来客。

莲花柏：在祈谷坛长廊之北，宰牲亭外东北侧。此树有八百多年树龄，树干周长六米多，树干成空洞，人可以进入；树干周围生有一圈大树瘤，远看就像一朵大莲花。

卧龙柏：在祈年殿西南侧，曾被风刮倒了，而这大树索性就躺在地上继续生长，像一条大卧龙。

坛庙在中国古代被誉为国家的"万世不移"之基，故中国古代对坛庙植树极为重视。经过历朝陆续补植，至清朝中叶，天坛古树群落已颇具规模。大量的古松柏分布于圜丘坛、祈年殿等祭祀建筑周围，苍翠的古树与古老的建筑、茵茵的绿草共同构成了天坛庄重肃穆、静谧深远的环境氛围。

天坛神药
——益母草

　　天坛是北京的标志性建筑之一，世界闻名。像圜丘坛、皇穹宇、丹陛桥、祈年殿……都是北京人耳熟能详的。今天我们先不说天坛内的古建筑，而是说一说天坛公园内的一种植物——益母草。

　　这是种珍奇的草：嫩芽可以当菜吃，叫"龙须菜"；长大了，可以用它的茎、叶熬成药膏，叫"益母膏"，是一种治疗妇女病的奇药；慢慢成熟后，种子也是妇科药，叫"茺蔚子"。关于这种草，有着一个美好的传说故事——

　　在还没有建天坛的很多很多年前，这里是一大片黄土地，住着百十来户农家。大家面朝黄土背朝天，辛勤耕耘，生活勉强还算过得去。

　　其中有一户张姓农家，有位十六七岁的女孩，名叫莲花。几年前，莲花姑娘的父亲因病去世了，只有莲花和母亲相依为命过着苦日子。

母亲年龄大身体弱，禁不住长年劳累，终于病倒了。莲花倾其所能为母亲求医买药，但母亲的病仍不见好，而且一天天加重。姑娘四处打听哪里有治母亲的病的偏方，村里的老人告诉她：北边的深山老峪里有位神仙，传说他有什么病都能医治的仙丹。但因为山高路远，始终没有人找到过他，也不知道是不是真有神仙，真有仙丹。

益母草

　　莲花姑娘救母心切，决定试一试，到北山去寻神仙。她把母亲托付给邻居照顾，来不及准备干粮就上路了。

　　姑娘想，既说是北边深山老峪，往北走总没有错，出了家门就奔北去了。走了一天，看见山了，但再怎么走，姑娘犯愁了。碰巧在山口遇见了一位老奶奶，老奶奶见姑娘只身一人往山里走，便问她到深山老峪来干什么。姑娘把为母亲寻药的事说了一遍。老奶奶对姑娘说："你是个有孝心的孩子！我告诉你：从这儿上山，左拐七道弯儿，右拐八道弯儿，瞧见地上天，灵药到手边。"姑娘听着老奶奶的话，正琢磨什么是"地上天"，还没来得及问呢，却不见了老奶奶的踪影。

　　莲花姑娘按老奶奶的指点，左拐右拐进了深山。饿了捡地上的松子吃，渴了趴在山泉边饮清水，困了就在山坳里小睡一会儿，醒了继续赶路……一连走了七天八夜。

益母草

这一天，莲花姑娘走到了一个小山顶，山顶上有一个小水池，水清澈至极，蓝天白云映在水中……姑娘望望天，望望水，恍然大悟，这里就是"地上天"呀！这时有两位漂亮的小姑娘出现在莲花姑娘面前：一个一身雪白长裙，一个黄色衣裤上面绣着梅花。莲花姑娘刚想把为母寻药的事对两位姑娘讲，没等她开口，两位小姑娘对她说："我们在这里等候多时了，治你母亲病的药就在这里……"说着，白裙姑娘交给她一个小口袋，告诉她回去将袋中草熬成膏给母亲服用；黄衣姑娘也交给她一个小口袋，叮嘱她春天把袋中种子撒在土地上，让它繁殖生长，可以给更多的母亲治病。

莲花千恩万谢，告别两位姑娘往山下走，回头再看哪有这两位姑娘的影子啊，只见一只白孔雀和一只梅花鹿立在山头……

莲花姑娘往回赶路，说来也真奇怪，她像飞一样，一天就到家了。熬药制膏给母亲服用，一天，两天，三天……母亲的病好了！她满面红光，健健康康地又能下地与莲花姑娘一起干活儿了。

春天到了，莲花姑娘把草种撒在地里，很快长出嫩芽，把它当菜吃，味道还不错呢！到了夏天，草长大了，给有病的妇女采了制成膏吃，吃一个好一个。秋天种子熟了，采下来第二年再种……一年复一年，这草越来越多了。人们记着这是莲花姑娘千辛万苦给众多的母亲采来的灵药，便取名叫它"益母草"，制成的药膏叫"益母膏"。

后来，皇帝在北京定都，要建祭天的天坛。天坛盖好了以后，皇帝来验收，发现竟有大片的什么草，很不高兴。他命大臣把这野草统统除掉！随在左右的大臣一阵犯难，其中一位的母亲和老婆正在服用这有奇效的益母草。他灵机一动，对皇上说："皇上！这不是野

因为是庄严的皇家祭坛,所以天坛内部有着茂密的植被

草，它叫龙须菜。皇上您是真龙，这就是龙的胡子呀！把它除了，怕是……"皇上一听，连忙说："罢了！罢了！"从此，益母草保留下来，而且世人们索性把益母草的嫩芽就叫"龙须菜"了。

此时有读者肯定会问，同样都是土地上生长出来的益母草，为何偏偏说天坛内的益母草如此神奇呢？这是因为天坛作为历代皇家祭祀天地的重要场所，代表着皇室的权威，除了建筑材料和造型以外，连天坛内的土质都需要从严要求。天坛里面的泥土，传说都是在明代时，由各省督抚和地方大员精挑细选，专人运送而来的，因而土质肥沃异常。这才让益母草的生长态势良好，被一代代的制药人和服药人奉为优质上品。

"七星石"为什么有八块石头？

天坛祈年殿的东南、长廊南边的一片绿草地上，卧着几块雕有山脉纹路的石头，名叫"七星石"。导游通常都介绍说，那是代表"北斗七星"。

可是您亲临现场或者看着照片数一下，就会发现号称"七星石"，除了按照北斗七星的方位排列的七块巨石，在七星石的东北隅还有一块小石，其实是大大小小总共八块。八块石头怎么能命名"七星石"呢？这里边有什么奥秘呢？

传说当年明永乐皇帝朱棣，在派了刘伯温、姚广孝设计北京城的时候，曾经做了一个梦。梦里，他飞升起来去天庭，要向玉皇大帝禀报自己继位成为天子，会恭敬地拜祭天地，祈福护佑。途中，恰好看见天门大开，然后朱棣眼见着从天门里，"砰砰砰"飞落下了七颗星星，带着道道光斑，直奔北京城南，掉在了如今天坛的位置。从

在民国时期有人曾为七星石留影

中国古人把北斗七星想象为舀酒的斗形

远观七星石

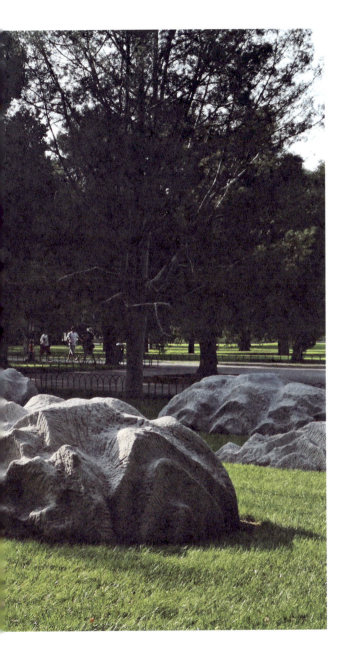

古到今都说，看到流星要许个愿的，很灵验……于是乎，朱棣梦醒后，就在此建起一座天地坛，祭祀天地，祈求国泰民安。"先有七星石，后建祈年殿"，说的就是这事。

还有一种传说，说这几块石头表明了中国古人高超的天文学知识。那是到明代嘉靖年间，笃信道教的皇帝朱厚熜越发迷信方士，祈求香火延续、长生不老，大搞斋醮活动，对道教的崇信也到了痴迷、狂热的地步。有一名他信任的道士上奏说，天坛这里地处郊外，主要建筑又都是和天宇对话，四外太空旷，不利于皇位和皇寿，需要按照北斗七星的传说，设置七方巨石镇在这里。北斗七星由紫微垣中的天枢（贪狼）、天璇（巨门）、天玑（禄存）、天权（文曲）、玉衡（廉贞）、开阳（武曲）、摇光（破军）七星组成。把天枢、天璇连成一条直线并向前延伸，就可找到一颗明亮的星星——北极星，而北极星是北方的标志，又是天帝所在之处。七星石按照北斗七星的方位排列，是因为古人把它当作玉皇大帝巡游四方所坐的"地车"。天坛作为祭天的重要场所，玉皇大帝的地车当然也在祭祀之列啊。北斗七星上边的一颗小星，叫"辅星"，比较暗，现在的天文学里管它叫"大熊座80号星"。中国古人看它离开阳星不远，于是就把它叫作"辅"。因此当初在设计七星石的时候，就搁了七大一小合计八块。石头的摆放，说明古人对天象的观测非常准确，这样一颗晦暗的辅星，古人都没落下，由此也可以看出中国古代天文学的精深。

还有一种传说，是被公园认可，刻印在公园的铜制名牌上的说明。七星石原是明朝嘉靖年间设置的七块镇石，寓意泰山七峰。清人入主中原之后，为了表明满族也是华夏民族的一员，乾隆皇帝诏令于东北方向增设一小石，寓意华夏一家、江山一统。也有人解释说，满族人认为七块石头代表了中原的七座名山，然后就把象征东北长白山、满族人自己老家的石头给带来了，加到这里代表自己家乡的山山水水。可是要是说泰山，或者名岳，怎么不叫"七峰"或者"七岳"，而定名"七星"呢？

关于天坛公园七星石的探讨，学术的说法和各类民间传说确实多种多样。你相信哪种说法呢？

反正每年吃月饼的时候，大家都知道的，为了多卖几块加上包装更精美昂贵一些，有个通常使用的名目，叫"七星伴月"。厂家在盒子或者篮子里面，实实在在地给您装满了八块月饼来凑数呢。这应该是"七星石"在今天美食界的新运用吧。

天坛祈年殿克难关

北京天坛是世界上规模最大的祭天建筑群，距今已有近六百年的历史。明、清两代的二十二位皇帝，曾在这举行过六百五十四次祭天大典。根植于天坛的传说，因此也就号称是"离天最近"的民间说法。因为天坛祈年殿以其精湛的建筑工艺和巧妙的寓意内涵而享誉世界，所以它的建造，在传说中也有一段离奇的记载。

传说永乐皇帝朱棣定都北京以后，征召了上千名的能工巧匠，专门负责修建当时定名为大祀殿的祈年殿。紫禁城里的太和殿连同基座高三十五米，而这天坛的祈年殿连同基座高达四十四米。祈年殿还没有使用大梁长檩和铁钉子，完全是砖木结构的，整座建筑要靠二十八根楠木大柱支撑，所以修筑的工程难度非常高。

修建工地上一群群的能工巧匠忙碌着，画图的、搭架的、和泥的，处处都在绞尽脑汁克服难题。有一天不知怎么回事，一个六七十

祈年殿旧影

岁的老头儿穿过了层层把守的大门，找到了管事的大工匠，说自己是乡下一个木匠，看能不能在这工地上干几天活儿，随便找口饭吃也能挣俩钱儿。管事的心肠不错，一看老头儿白发苍苍，虽说气色不错，但总不能像膀大腰圆的壮劳力一样去做那些重体力活儿啊，于是招手把个木匠组的小工头儿呼唤了来。大工匠嘱咐小工头儿，带着老头儿找点零活儿干干，还特别关照，别让老人家登梯子爬高了，找点敲敲打打、磨磨画画的轻省事儿就好。小工头儿心眼也不错，看着比自家爷爷还老的老木匠，十分敬重，自打老头儿来了就没让他干过活儿。晃悠了两三天，老头儿自己坐不住了，主动要求给派点木工活儿干干。小工头儿心想，总让老头儿闲着也不是回事，于是周围看了看，见地上扔着一根三尺来长的木头，顺手捡起来就说：“您就拾掇它吧，看看怎么做个东西出来。”

小工头儿没说明白那根木头该怎么拾掇，究竟是要雕啊刻啊打磨个什么物件，老头儿接过来也就没问。之后好几天，老头儿在工地一角，一直是认认真真地拾掇这根木头，但是也没见这木头有什么明显变化！几天过后，老头儿连工钱都没拿，突然就不见影了。大伙在工棚里发现了那根木头，小工头儿拿过来看了看，这根木头上除了画了一些黑色的线条之外，也没看出个子丑寅卯。他顺手一扔把它丢在地上，这根木头竟顺着老头儿画出来的黑线痕迹，哗啦啦散了架，直接散成了一堆大大小小的木楔子——到这会儿，大家这才觉得事有蹊跷！这木楔子多用于榫卯相接时，插入榫头，提高连接牢固程度的，现在修建大殿可用不上啊。小工头儿找来个布袋，把木楔子全都装起来，丢在了工具箱里……

祈年殿内饰及藻井

远眺祈年殿旧影

　　祈年殿是圆形的，象征着天圆地方。殿内的二十八根柱子，最里圈的四根叫"龙井柱"，象征一年四季春、夏、秋、冬；中间一圈的十二根叫"金柱"，象征一年有十二个月；最外一圈的十二根叫"檐柱"，象征古时候一天的十二个时辰。中层和外层两圈相加是二十四根立柱，象征二十四个节气。三圈柱子加在一起是二十八根，又象征天上的二十八星宿……工程浩大，确实施工了好久。话说到祈年殿快完工、要上梁的时候，管事儿的大工匠和具体施工的木匠小工头儿突然发现，可遇到大麻烦了：大殿的柱子、横梁、檩条之间咬合得不严实，柱子之间总是有一些缺少的碴口，以至于整个大殿的架子，居然是有点晃晃悠悠的。

正在大家都心急如焚的时候，突然有人想起了前些天，老头儿临走时留下的那一堆木楔子！找出口袋，把木楔子一个一个地凿进梁柱横横竖竖的缝隙里，每一个居然都严丝合缝，而且填满了梁柱之间所有的缝隙，木楔子一个不剩。这个时候大家伙儿更觉得奇怪了，管事大工匠才发现，自己连这个老头儿的姓名、从哪里来的都不知道。于是工地上的众人就传开了，大家全都认为这是鲁班爷知道咱搭建祈年殿有难，所以特意下凡帮助徒子徒孙来了。

北京城的建筑，关于鲁班显灵的传说可真不少。天坛、故宫角楼、白塔寺、德和园大戏楼都有关于鲁班爷的故事。天坛是皇帝与天对话的地方，神圣而神秘，有了这则祈年殿的传说，后人能牢牢记住鲁班，也进一步了解这座古建筑，那便是传说的功劳啊。

天桥的"四面钟"大铁锚

北京的老天桥名声大大的,历史上的天桥是一个有自身特点的区域,那可是老北京市井娱乐和消费的大本营。

咱先说说:天桥这个桥在哪儿?为啥叫天桥?

天桥地区这个有自身特点的传奇之地,是指中轴线南端珠市口以南,永定门以北,东临天坛,西濒先农坛这个区域。

据清《光绪顺天府志》记载:"永定门大街,北接正阳门大街,井三。有桥曰天桥。"此桥建于明代,以白色石料修成,南北方向,跨于先农坛北墙外东西方向的一条河上。桥两侧有望柱、栏板。桥北边的东、西各有一个亭子,亭内有石幢。

此桥是专供天子到天坛、先农坛祭祀时使用的,所以称其为"天桥"。平时用木栅栏封闭,就是官员平时也不能走,只能走两侧的木板桥。

天桥原是明清两代皇帝去天坛祭天御道上必经的一座桥梁，故称"天桥"

　　此桥经过历朝历代多次改建，已于1934年全部拆除，成了"有天无桥"之地。可是天桥的地名却被保留至今。

　　清末民初的著名诗人易顺鼎在《天桥曲》中有这样的诗句："酒旗戏鼓天桥市，多少游人不忆家。"民国著名学者齐如山在《天桥一览》序中所述："天桥者，因北平下级民众会合憩息之所也。入其中，而北平之社会风俗，一斑可见。"

老天桥地区占地面积大，其中分为多个市场，最初分东市场、西市场；后来又建成城南商场、惠元商场、公平市场等。人们常用"万花筒"来形容天桥地区，戏园子、游艺园比比皆是，从事商业、服务业、手工业的与民间靠技艺吃饭的卖艺场的，竟有数万人之多。在这里，吃喝玩乐、衣食住行，应有尽有。

当时天桥市场上最有名的地界儿当数"新世界"和"城南游艺园"两大商圈。

"新世界"是商场的名称，这是1917年建成的一座酷似巨型轮船的建筑。据说投资人是江西军阀陈光远和上海的一位大资本家，陈光远任总经理。

传说最初是上海的这个资本家认为皇城根下的钱最好挣，就北上到了北京，想投资建大商场，发大财。这资本家姓甚名谁已无人知晓了，我们且称其为资老板吧。

资老板按民间的风俗，先花重金请来了一个自称是"天风门"第十六代传人的风水先生。资老板开着进口的洋汽车，带着风水先生在四九城可劲儿转悠，要寻一块风水极佳的宝地。

这位风水大仙坐着洋汽车好风光呀！一天，两天，三天……一连八天过去了，这大仙只观风景，却一言不发。资老板耐着性子等待大仙吐真言。第九天头上，车开到天桥地区，大仙叫停了车。他下车后，端着罗盘，手掐着指诀，叨叨唠唠地说着没人听得懂的话。半晌过后，他手指天空，脚跺地面，摇头晃脑地对资老板说："就在此地了！这是龙腾天下、行云布雨的好地方。这儿有水能聚财，在这儿修一座龙宫，造一艘船，建个娱乐城，让龙王高兴了，真金白银哗哗地就来了……"

　　资老板按大仙的指点又到龙王庙拜了龙王，就和陈光远合伙买下了这块地。

　　他们请了通和洋行的英国工程师为商城做设计……很快，西洋风格的一座乘风破浪的巨轮商城，就建成了！这是效仿了上海 1915 年

"新世界"旧影（20 世纪 10 年代）

建成的"大世界游乐场"——集娱乐、饮食及购物于一体的综合性商场而建造。商场内设戏院、电影院、舞厅、杂技场、百货店、餐馆等。它是这一地区当时体量最大、造型最新、设施最先进的建筑。

建筑内部的电梯、暖气、风扇,让民国初年的北京人大开眼界。特别是令男女老少哈哈大笑的"哈哈镜",更引人注目。这几面凹凸不平特制的镜子,反照出人像及物体的扭曲面貌,使游人忍俊不禁,笑声连连。"新世界"吸引了无数游客,而且它采用的是买"通票"的办法,一票可以玩遍全楼。开业以后,每天都是真金白银滚滚而来。资老板望着这"巨轮"一个劲地喊:"向钱(前)开呀!"

日进斗金的"新世界"让不少人眼红,特别是大商人彭秀康对"新世界"那就是一个羡慕嫉妒恨啊!他后悔自己没早动手,却让他人抢先发了财。他决定在"新世界"南侧一里地的地方也建一座商业城,定名为"城南游艺园",与"新世界"竞争,看看谁是赢家。

地址定了,怎么样才能拦住"新世界"向钱(前)走的路,破了它的财路呢?彭老板也是请了个知名的风水先生帮他出谋划策。

风水先生琢磨了三天三夜,对策有了:"新世界"是条大船,要来根绳子拴住大船,用铁锚把船牢牢地固定在那里,让船动不了窝儿,向前(钱)开是绝无可能的!风水先生向彭老板解释说:这建筑就要建成铁锚形,楼顶要装上大钟。因为"新世界"是龙宫,龙最怕毙命的钟声了,一听钟声,龙就惊慌失措;财气守不住了,自然会跑到"城南游艺园"这边来……

于是一座立柱形的顶部有四面钟的铁锚式建筑,在短时间内拔

老天桥的标志性建筑"四面钟"

地而起，取名为"四面钟"。

"四面钟"除了有与"新世界"相同的京剧、评戏、梆子、曲艺、木偶戏之外，还添设了北京以前从未有过的旱冰场、弹子（台球）场、地球（保龄球）场。它也选择了一票制，票价比"新世界"要便宜不少。

"四面钟"还有一项盖过"新世界""哈哈镜"的绝活儿，即是利用光学原理把人的身体遮掩起来，只剩人头表演讲话和与游客进行问题解答，名曰"人头讲话"。就凭这一项，"四面钟"很快火了起来。彭老板认为他的铁锚真的拴住了"新世界"，做着吞并"新世界"的美梦。

双方正在激烈竞争之时，"新世界"遭到了一场大火灾。而不多久，"四面钟"门口的电灯装饰被大风吹倒，压坏了二十多辆黄包车。后来二层的包厢倒塌，使得一位名门小姐当场毙命。彭老板吃上了大官司。这都是因为彭老板为了压倒对方，急于开业，而忽视建筑质量，做了个豆腐渣工程。

世道本来就很乱，"新世界"的楼房后来移作了他用，"城南游艺园"和它的"四面钟"也关门倒闭。

如今，在天桥地区，"新世界"的五层楼已经不存，移了个地点，"四面钟"被复建了。

圣驾躬耕先农坛　宛平知县多贡献

清朝时期，北京政区是东西划界，分别由宛平县和大兴县管辖。西部归宛平县，东部归大兴县。

宛平县位于京城西侧的通衢大道上，是进入京城的咽喉要道。从明朝时期以来，皇帝出巡、京官外出办事，以及封疆大吏进京觐见皇帝，都会从宛平县经过。进出宛平县，就是进出京城的标志。所以，朝廷为百官饯行，以及迎接凯旋的将士，都选择在宛平县设宴。南来北往的官员、各位"大人"甚至各府"衙内"，个顶个都比县官级别高啊，所以宛平知县从早到晚的，总要作揖磕头，于是就有了一个歇后语，"宛平城里做知县——跪着的差事"。

在宛平做知县比较费裤子，尤其是膝盖那块布，实在不易。但是他居然每年都享有一次特别牛气的机会：他可以挺直腰板，名正言顺地向皇帝收税！这是怎么回事呢？

先农坛内观耕台的汉白玉石台阶

原来宛平县辖区有一块地盘，就是永定门内的先农坛。先农坛是明清两代皇帝祭祀先农诸神的重要场所，里面除了有各种祭祀建筑外，还有一块很小的田地，面积为一亩三分。这是皇帝的自留田。

实际上明清两代皇帝，他们每年农历仲春亥日，不管多忙，都会率领文武百官亲临先农坛。他们在先农神坛祭拜过先农神后，就换穿上亲耕礼服，随后到一亩三分地里进行亲耕礼，当一天农民，表示重视农业生产、不忘立国之本的意思。

经过上百年的变迁后，皇帝亲耕典礼就逐步演变成一种仪式。

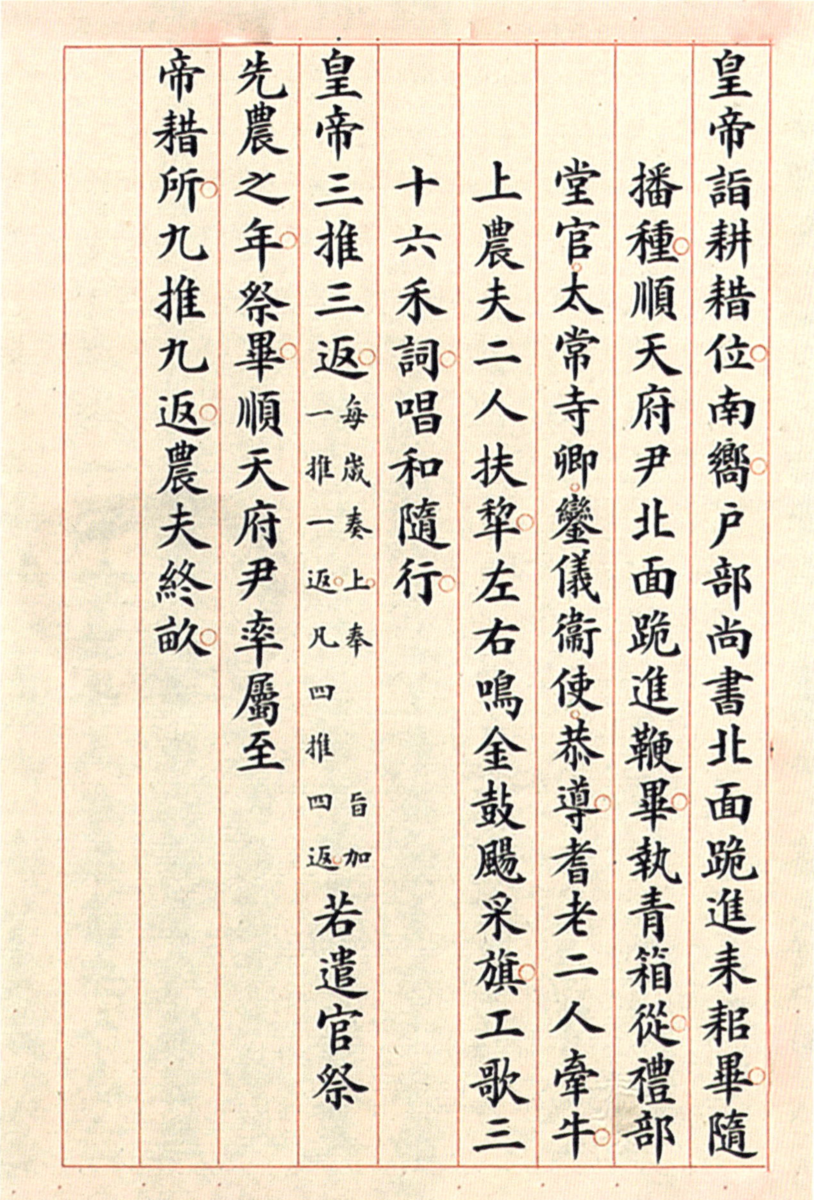

皇帝詣耕耤位南嚮戶部尚書北面跪進耒耜畢隨

播種順天府尹北面跪進鞭畢執青箱從禮部

堂官太常寺卿鑾儀衞使恭導者老二人牽牛

上農夫二人扶犁左右鳴金鼓颺采旗工歌三

十六禾詞唱和隨行

皇帝三推三返 每歲奏上奉 旨加 若遣官祭
一推一返凡四推四返

先農之年祭畢順天府尹率屬至

帝耤所九推九返農夫終畝

皇帝躬耕的礼制堪称繁缛

皇帝下田后，不需要"哼哧哼哧"地跟在耕牛后面挥汗如雨，只需要一手扶犁，一手举鞭，剩余的事情就全部交给身边的大臣，以及从各地请来的老农夫干了。

当然，皇帝日理万机，他亲自当了一天农民后，就回到了皇宫大内，直到第二年才会再次移驾前来耕种。但他留下的这一亩三分地可不能闲着，仍然有专人负责插秧、除草、灌溉、施肥。到了收获的季节，农夫们还得将收获的稻谷拾掇利索，存放在先农坛的神仓，供九坛八庙祭祀使用。

清朝实施"摊丁入亩"，就是按照田地的大小，征收"地丁银"来纳税上缴。为了表示尊重国家税收制度，与民平等，皇帝也必须为他自留的一亩三分地缴纳"地丁银"。按照属地管理原则，向皇帝征收"地丁银"的任务，就落到了宛平知县的头上。

地丁银

于是，每年宛平知县都会郑重其事地向皇帝征收一次"地丁银"。皇家总管的内务府也毫不含糊，年年点检了粮食收成，照章纳税。宛平知县虽然是依法办事，但把税赋收到皇帝头上来了，还是让皇帝心里不快。皇帝明面上不说什么，但往往找一个借口，每年都悄没声儿地将宛平知县免职或者调走。所以，在宛平做知县，很少有超过一年的。长此以往，又一个歇后语就诞生了："宛平城的知县——一年一换。"

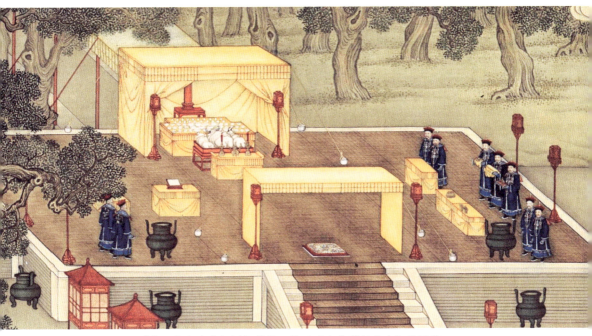

《雍正帝祭先农坛图》局部，展示了皇家拜祭先农坛的过程

　　传说到了光绪年间，有个名叫王珍的人，在四十岁的时候才接到吏部文书，补任宛平知县。到任后，他发现县衙政务懒散，就四处微服私访，想查清缘由，对症下药，护佑一方百姓。

　　宛平县的道路多年坑洼泥泞，有一天，没穿官衣只是踏访民情赶路中的王珍为了歇歇脚，就敲响了路边一扇门，想讨碗热水暖暖身子。主家是位六十多岁的老人，他给王珍倒了碗热水，还拿来俩馒头。王珍边喝水边问："老人家，这官道怎么这么难走啊？"老人长叹一口气："这事儿说来话长了，十几年了，官道一直这样坑洼不平。沿途的村子，曾联名给县太爷上书恳求修路，可县衙没人给做主啊！"

老人继续道："宛平县的知县一年一换，谁还愿多管这闲事啊？"王珍愣了一下："一年一换？这话怎么讲？"老人却摆了摆手："这我可不敢多说，要是说了实情，说不定得罪皇家，会掉脑袋的！"王珍大吃一惊，就没敢追根究底。第二天大早，王珍把个经验丰富的老县丞请了过来。老县丞在这地界儿待了十几年，知道其中的隐情。老县丞听完王珍的疑问后，给他解释了一番，然后唉声叹气说："宛平的知县不好当啊！干好是一年，干不好也是一年。"

王珍心想，一年也能做不少实事呢。他兢兢业业，加紧督办宛平城很多积压下来的事务，也把宛平治理得不错。时间一眨眼就过去了，不知不觉就到了仲春亥日，先农坛御驾亲耕的日子。

这天，一行人簇拥着龙辇来到了先农坛，一串繁复的礼节过后，光绪爷身穿龙袍来到自己的"一亩三分地"，伴着两边的鼓乐声，一手执鞭，一手扶耒，摆出亲耕的架势。在场的各位官员，均是朝廷重臣或封疆大吏，根本就没有王珍站脚的位置。但是让文武百官没想到的是，那头专为皇上拉犁的黄牛，听着鼓乐一鸣、炸鞭一响，却死活不动窝了。牵牛的大臣慌了神，连拉带拽，连推带踹，可这犟牛就是不肯挪步，这可怎么办啊？

坛外的老县丞听说拉犁的牛不肯走，被吓得腿一软就瘫坐在地上。县志记载，嘉庆皇帝有一年也遇到了耕牛不走的事儿，龙颜大怒，革了顺天府和宛平县官员的顶戴，还都抄家问罪。这回，老县丞心想王珍和自个儿怕是在劫难逃了。

王珍也是吓坏了。他挤过人心惶惶的群臣队列，快步奔到黄牛跟前。只见他替换下那牵牛的大臣，然后一边轻抚牛脖子，一边拿块黄绸布蒙住牛眼，又把两个棉花团儿塞进牛耳，自己拍拍牛头，随手一拉缰绳——奇了怪了，黄牛立马迈开了步子跟着他往前走。众官看到"国运"无恙，都松了一口气。

耕耤礼毕，光绪爷忽然问："刚才给黄牛蒙眼的是谁啊？"顺天府尹连忙回禀："皇上，是宛平县知县王珍。"皇上一听："哦？叫他过来，朕有话要问。"此时，王珍正在听老县丞给他讲嘉庆爷那次亲耕时发生的事儿，一听皇上召见，就战战兢兢地来到观耕台下，行过三叩大礼后，光绪爷问："王珍啊，你好大本事啊！朕有一事不明白，你为何要蒙上牛眼，还要塞牛耳朵眼儿啊？"

王珍答道："回皇上，民间的黄牛，第一次参加耕耤大礼，这周围的人比它在乡间下地时多了太多，再加上两边鼓乐齐鸣，它害怕才不敢走，所以微臣……"光绪爷点了点头："原来是这样，你有心了。王珍，打今儿起，朕这一亩三分地就交给你。伺候好了有赏。收成不好，重责！"说完，他便起驾回宫。

谁承想，光绪年间算不得风调雨顺，春分过后宛平县数月未下一滴雨。王珍一边上报顺天府申请救灾库银，一边带领百姓昼夜不停挖水渠架水车，把永定河水引上岸灌溉农田。旱情直到芒种时才得到缓解，他们辛苦几个月，算保住了全县大半粮田。

忽地一天早上，王珍刚升衙，老县丞急匆匆地奔进来，和他咬耳朵："大人，大事不好啦！"老县丞满头是汗，"您快去先农坛瞧瞧吧，皇上的皇田怕是要绝收啦！"王珍大吃一惊，确实这几个月来，自个儿光顾着带百姓挖渠引水，把皇上的地给忘了。王珍急忙来到先农坛，只见地里连片龟裂，一尺多高的麦秆儿早已干枯而死。老县丞和王珍都没了言语，坐在祭坛上挠头。老县丞琢磨了一会儿，试探说："我想，咱们赶紧挑块长势好的农田，趁着上面还不知情，麻利儿把麦子移过来。移种在这儿，也算是有个好收成。"王珍思忖片刻，却摇摇头："眼下正是麦子扬花结穗的时节，移种已经晚了。不如趁早改种糜子，秋天还能收个三五斗，算是将功补过吧。"老县丞忧心忡忡："咱们这可是欺君之罪啊！"王珍摆摆手，马上带人在这块皇田上忙碌起来……

再过不久是小暑，宛平全城收麦进仓。光绪爷一直在宫里看奏折，上面满目是各地灾情，惹得他很不爽。他忽然想起了自个儿的一亩三分地，便心血来潮，只带几个贴身侍卫，悄没声儿地绕道到宛平县衙一带微服私访。在王珍治理的地域，一路上都看到农民割糜子收麦子，遍地金黄的丰收，让皇上很是欣慰。

终于，光绪爷一行到了先农坛，正巧看到王珍带人割完糜子，就地打碾。见皇上驾临，王珍慌地跪下，一五一十把遭遇旱灾的事讲了出来。光绪爷这才明白，眼前是补种的糜子，并不是自己亲耕的麦子啊。他点头说："王珍，京西的旱情朕听说了，你替朕分忧，及时补种了糜子，没让田地荒芜，朕怎么会怪罪你呢？"

打碾完后，收成是一石三斗糜子，甚至比去年还好。按大清律令，皇上种田也要缴纳皇粮啊，王珍当场征收了一斗三升糜子入库，其余的全部封存先农坛神仓，来年用于祭祀。

光绪爷很满意，也不想搭理刚刚赶来的顺天府尹等地方官，就要摆驾回宫。王珍却突然跪在了地上："微臣有件关乎宛平百姓的大事，斗胆向皇上进谏！"皇上一愣："什么事？"王珍朗声应答："微臣自去年上任宛平知县以来，发现县衙政务懒散，库银紧缩。究其原因才知，历任知县每年一换，因此为官者得过且过，不思理政，苦的却是宛平的百姓。长此以往，谁来替皇上分忧，为百姓着想？"

光绪爷听后，伸手指着顺天府尹问道："可有此事？"府尹跪在地上回禀："皇上，因宛平知县向皇上征粮，属犯上之罪，按律令当斩。念其为国征粮，死罪可免，但每年都要调任外放或削职为民，已是惯例。"皇上骤然发怒道："一派胡言！朕种地纳粮，天经地义。宛平知县依律收粮，乃为官之责，何来犯上之罪？王珍有功，即刻升官一级！"说完，光绪就拂袖而去。

打这以后，未经皇上点头，谁还敢摘宛平知县的顶戴，把他任意调换啊？

王珍在任八年，每年都会和皇帝在先农坛见一面聊会儿天。他也把宛平治理成了京师最受赞扬之地。

大火烧了鲜鱼口

　　前门大街中段，西有大栅栏，东有鲜鱼口。如今一说鲜鱼口，人们就会说："小吃一条街嘛！"鲜鱼口原本可不是这样的。

　　其实这条老街已有五百多年的历史，汇聚着著名的老字号商铺、餐饮、茶楼、戏院等，是具有典型老北京市井商业风貌的著名区域。这里曾经是买卖人云集、热闹非凡的地方。什么黑猴毡帽店、马聚源帽店、天成斋鞋店、便宜坊烤鸭店、会仙居和天兴居炒肝店、正明斋饽饽铺、长春堂药店、兴华园浴池、天乐园大戏院……全都聚在这条不长的街巷里。

　　线市衰弱鲜鱼兴，老者救鱼回龙宫。
　　水族何有团圆日，金银到手鱼放生。

　　这首民间流传的四句诗，说的正是鲜鱼口的来历。相传鲜鱼口

旧时鲜鱼口的繁华市井

地区，最早以买卖各种针头线脑而名为"线市口"，后来因为守着河道，才出现众多售卖鲜鱼的商贩。他们担着挑儿或推着独轮小车，每天早起就在这儿高声吆喝"卖鲜鱼""活鲤鱼，大条的""护城河里的大草鱼哟"……

有天早晨，一位年过花甲的白胡子老头，从摊儿上买了一尾活鲤鱼，想着回家解解馋。到家后，他将鲤鱼放入水缸里，想畜养几天去去土腥味。这条鲤鱼刚入水缸，就游动得十分欢快，还多次浮上水面，鱼嘴一张一闭，鱼尾一甩就激起大团水花，而且全身通红透亮，非常喜庆好看。老人一看，心里喜欢，就想着先养起来吧，还顺手撒点馒头渣儿喂食，给这大红鲤鱼恢复点气力。谁知第二天缸里的鱼就不见了，竟变成了半缸的金银元宝！

老人喜出望外，为了感恩答谢这来无影去无踪的金鲤鱼，从此他每天都用银钱来河边买活鲤鱼，买完之后在桥头便将活鱼倒入河水中。河里的鱼越来越多，买卖鱼的百姓也听着这传说越来越多地到此来购鱼，天长日久，这线市口就改叫"鲜鱼口"啦。

还有这样一个故事也道出了此地的不凡——

这里早年间有一座火神庙，因为年久失修已经破烂不堪了，里面供奉的黑头红脸的火神爷更是灰头土脸脏兮兮的，好长时间没有人搭理他了。外面市场的叫卖声不断传入他耳中。

这一天，火神爷说什么也坐不住了，他自言自语地叨唠："我天天在这里保佑着大家免遭邪火祸害；要是没有我，这里早就被邪火烧得片瓦无存了。这破庙也没有人给修一修……"

无巧不成书，这时来了一位香客进香，并敬献了几个火烧和几条鲜鱼，摆在了积满尘土的供桌上。

　　香客走了以后，火神爷想：我何不把这些供品摆个摊儿卖掉换成钱，有了钱才能修庙，才能给我重塑金身呀！于是他走下牌位，摇身一变，成了一个卖货的老头儿。他拿着火烧和鲜鱼来到街口，摆上

鲜鱼口——老北京南城的标志性传统商业街区

065

摊儿，大声吆喝着："鲜鱼——大火烧！鲜鱼——大火烧！"听到吆喝，大家围过来看，原来是个身穿破衣、黑头红脸、浑身散发着土腥味的脏老头儿，这样也就没人买他的东西。

第二天，火神爷又出来了，摆上干巴巴的火烧和散发着臭味的鱼，他依然叫卖着："鲜鱼——大火烧！鲜鱼——大火烧！"自然还是没人买的。

第三天，火烧干得不像样了，鱼臭得让人闻了都恶心，他还喊叫着："鲜鱼——大火烧！……"一直这样喊着，到了第六天头上，火神爷回到庙里，长叹口气，就听"呼"的一声，一股神火从他口中冒出，直喷到庙外。不一会儿，大火蔓延开来，从街口烧到街尾，连烧了三天三夜，把原本繁华的街巷烧成了一片废墟。

大火过后，人们发现了一件怪事，火神庙依然还完整地存在。进庙里看到了那几个干火烧和几条臭鱼，大家恍然大悟：那个摆摊儿卖大火烧和鲜鱼的老头儿是火神爷下凡啊！他不是一个劲儿地提醒大家"鲜鱼——大火烧！"吗？

于是，人们连忙向火神爷磕头，纷纷集资募捐，给火神爷重修庙宇，让他继续保佑大家。很快，火神庙焕然一新，火神爷披金挂银威风凛凛地坐在那里，享受着人们的香火了。

从此，鲜鱼口平安顺利地发展，又是几百年……

鲜鱼口"黑猴商店"

说起鲜鱼口西口路南的黑猴商店，不光原住在前门一带的老人们熟悉，就连"60后""70后"们在孩童时也都跟着大人去过多次。后来，前门大街启动了改造工程，这个黑猴商店就从人们的视野中消失了……

众人难以忘怀的黑猴商店，那真是一个百货店。各种商品琳琅满目：服装、鞋帽、布匹、化妆品、纽扣、针头线脑、小五金一应俱全。很多商场里找不到的物件，你到黑猴商店全能买到。这里除了商品齐全、价廉物美、服务周到让人格外喜欢光顾以外，更主要的是店门口有只栩栩如生的硬木雕刻的猴子。这猴子浑身刷得漆黑，红亮亮的脸膛，手里捧着个刷金的元宝，盘着腿坐在木盆里，仰着头、眯着眼冲着你笑……于是大家约定俗成地把这个百货商店叫作"黑猴商店"。就连有一阵社会上时兴"改名儿"，它即使被称为"立新商店"

黑猴商店后来变成了百货商店

了，可老百姓仍旧"黑猴儿""黑猴儿"叫得顺口亲切。

　　黑猴商店有着三百多年的历史，它的创始人是山西的杨少泉。

　　杨少泉原本是清朝皇宫里管银库的一个小官，每月拿俸禄，日子过得富富有余。杨少泉家里养了一只猴子，这猴子浑身黑毛，那黑毛极为漂亮，黑里透紫，紫中透亮，红红的小脸，尖尖的下巴，火眼金睛如宝石一般。杨少泉白天到宫里上班，晚上回到家，就和猴子形影不离了。这只猴特别会讨主人喜欢，杨少泉走到哪儿，它就跟到哪儿，一会儿给主人作揖，一会儿给主人鞠躬……杨少泉把它视为掌上明珠，好吃好喝喂养着它。

后来，杨少泉年老退休，在家赋闲了，朝廷的俸禄也减了不少。杨少泉感到生活拮据，天天闷闷不乐，自己的吃喝都成了问题，哪有好吃好喝给猴子呀！

一天，杨少泉拉着猴子在街上闲逛，路过"朱门酒肉臭"的一个大贪官的家门口，杨少泉伤心地对猴子说："猴宝贝儿呀，我连你也养活不起了。干脆，我把你送给这家吧！……"边说边拉着猴子的手，依依不舍。这猴子两眼含泪滴溜溜地转着，突然挣脱了主人的手，一溜烟跑了！

这一跑，到了天黑都没回来，一整夜也没回来。杨少泉后悔极了，心想是自己把猴子给吓跑了……

第二天，天刚亮，只见这猴子怀中搂着一枚黄澄澄金灿灿的大元宝回来了……原来这猴子藏在那个大贪官家，趁着黑夜偷出了一个金元宝。杨少泉向来不取不义之财，但他又想，贪官的钱财就该分给大家用的！杨少泉没再言声，也就把这元宝悄悄地藏了起来。

不久，杨少泉以这个元宝为资开了家鞋帽店，名为"杨少泉鞋帽店"，以卖毡帽、毡鞋为主。商店开张后，杨少泉就把这个功臣黑猴放在柜台上。这猴通人性，白天帮助主人给顾客拿商品，顾客边买东西边逗着它玩；晚上，这猴帮主人站岗看门……由于有了这只可爱的猴子，毡帽店买卖兴隆，财源茂盛。这个门面店的名声越来越大，众人都叫它"黑猴毡帽店"。

后来杨少泉和猴子先后去世了。杨少泉的儿子杨小泉，为了报答黑猴的恩情，特意请工匠照黑猴的样子刻了尊木像，把它放在门前做招牌，就这样从清朝一直保存下来。"黑猴儿"全身用上好楠木刻就，且又在外面包有麻层，麻层外面涂有黑亮的大漆，真是黑光闪闪，不畏风吹日晒、雪降雨淋，使人一见顿生愉悦之情。

据说"黑猴儿"的木雕，
被某位有心人收藏起来

一百多年，黑猴商店做毡帽毡鞋总在潮流之先。他家从选料到制作都有一套严格的技术要求，一点儿不能差。而且"黑猴儿"售卖的，最有名货品之一是衣服扣子、针头线脑等小百货，在京城百姓中有很好的口碑。

1956年"公私合营"，鲜鱼口街包括"黑猴儿"在内的几家帽店都合并到了震寰帽店中，再后来这家店变成了百货商店，但"黑猴儿"的名字一直延续，被人们口耳相传。

"会仙居"炒肝店

　　说起北京的风味小吃，真是品种繁多，数不胜数。其中，炒肝可说是正宗的北京风味小吃的一种。现在前门大街鲜鱼口的食品一条街内，"天兴居炒肝"的招牌甭提多显眼了。但听北京的老人说，"会仙居炒肝店"那才是开得最早最正宗的呢！找遍了鲜鱼口街巷，也未见到会仙居的踪迹。原来在1956年"会仙居"与"天兴居"两家炒肝店合并，沿用"天兴居"的名了。

　　会仙居比天兴居早了好几十年呢，在清同治元年（1862）由北京人刘永奎在鲜鱼口内开业。起初不过是个小酒铺，经营黄酒、花生米、松花蛋、咸鸭蛋等，没啥名气。后来掌柜的受白水羊汤的启发，以很多饭店不要的下脚料，如猪的肠、肝、心、肺等筋头巴脑为主材，把这些杂拌凑来洗净后，分别切成肠段、心丁、肺条、肝片，放作料白汤煮，取名叫"白水杂碎"。因为都是从各大饭店收罗来的便

天兴居老店还在鲜鱼口街里经营着

宜货，成本很低，穷人家的大人、孩子花上两个大子儿就能买到上了尖儿的两碗。

再后来，到清光绪二十年（1894）在《北京新报》主持人杨曼青的建议下，会仙居去掉杂碎中的心、肺，只用完好的猪肠和猪肝，洗净去味后，肠经过大火煮、小火炖，再加上肝片……兑上各种调料，制成炒肝（它虽名为"炒肝"，但实在是没有"炒"这一工序的），真是汤汁油亮酱红、肝香肠肥、味浓不腻、稀而不澥、滑嫩可口……于是，这家炒肝店就有些名气了，但光顾此店的人有限，掌柜的事业仍没见大的起色。

后来，它就有变化了：从一间平房发展成两层楼房，门口还悬挂有金字大匾，门前架上热气腾腾的炒肝大锅……那么，它是怎样火爆起来的呢？这就说起民间的一个传说故事了。

有一天，这炒肝店里来了一位慈眉善目的白胡子老者，看样子没有八十岁也得有七十好几了。他虽然穿得破旧，但还是很干净的。老者进门向掌柜的要两碗炒肝，掌柜的赶忙盛了上了尖儿的两碗，一碗恭恭敬敬地递到老者手里，另一碗放在桌面上……

老者端起碗，不用筷子不用勺，一吸溜很快就吃完了，掌柜的连忙把第二碗端到老人面前。老人家摸摸兜，两手一摊，不好意思地说："掌柜的，我没带钱，吃了你的炒肝可咋办？"掌柜的一向以慈善著称，他笑着说："老爷子，您甭为难，没带钱也让您喝了第二碗再走。过后，您路过再还钱，没工夫过来，就算我孝敬您的……"老者听罢，郑重地端起这碗炒肝向掌柜的敬了三敬，然后又将碗小心地放下，捋了捋胡子，站起来走了。掌柜的想劝老人家留步，转眼间却不见了他的踪影，只好把那第二碗又倒回了炒肝的锅里。

没想到，这一碗倒进锅里后，锅里咕嘟咕嘟响个没完，热气也越冒越高，一股特殊的香味弥漫在厨房与厅堂内，一直飘到了大街上……再尝锅里的炒肝，哇——鲜美无比！

鲜鱼口街巷里的众人闻着味儿全来了，里三层外三层的，都来买炒肝。说来也真奇怪，大锅里的炒肝左盛一碗，右盛一碗，锅里竟还是满满的……掌柜的恍然大悟，今天来的白胡子老者那是仙人哪！我今天与仙人相会，是仙人在帮助我呀！于是，掌柜的把新制作的"会仙居"的金字大匾挂在店外，大锅支在门口。很快，用赚的钱把

天兴居的门帘都在"炫"着自己悠久的历史

一间平房改建成两层楼房……

"会仙居"与"天兴居"，实际的意思是一样的："会仙"叙说的是与仙人相会遇；"天兴"强调的是老天来助兴。如今大家也顾不上你用的是哪块匾了，反正都是慕名而来，使得不大的店面顾客盈门，座无虚席。后来的顾客，没有座位，端着碗炒肝，找个墙角，或围着热气腾腾的大锅就喝起来了。顾客们来到这儿，无论衣着，掌柜的总能做到笑脸相迎，给您端上一碗炒肝儿，再来上两个叉子火烧，一碟猪肉三鲜的小包子，香喷喷热乎乎，那个美劲儿就甭提了。人们会说："会仙居的炒肝儿，神仙喝！"吃完了炒肝儿，顾客们往往还不走，坐着聊天等着有缘"会仙"或者"天兴"，多点福气，所以人越聚越多，买卖啥时候都热闹着。

一百多年的老店，就这样保持兴盛至今。

乾隆题匾"都一处"

在前门大街路东鲜鱼口稍南，有一家专卖烧麦的老字号饭店，名叫"都一处"。这是一家有着二百多年历史的老店，如今还获得了商业部颁发的"金鼎奖""中华名小吃"等称号。

都一处，创始人王瑞福，山西人。清乾隆三年（1738）开业，最初不过是个席棚小酒店，经营黄酒，外加烧饼、炸豆腐等小吃，门口挂着一个挺显眼的破葫芦。由于这位山西掌柜的辛勤能干又肯动脑，生意还算不错。清乾隆七年（1742），王瑞福用赚的钱盖了一间门面的小楼，经营品种也增加了不少，什么煮花生、玫瑰枣、马莲肉、晾肉……这个酒店仍没名没牌，破葫芦就是它的标记。

啥时候，这个破葫芦小酒店有了别有特色的店名了呢？是哪个高人给取的名，写的匾呢？我们来讲讲这个传奇故事。

清乾隆十七年（1752），大年节中的一天晚上，乾隆皇帝从外边闲逛

"都一处"牌匾

归来，走到正阳门大街天已经黑了。他有点儿饿乏，想找家饭馆吃点儿饭，歇歇脚。可是大街上的店铺早就关门上板了，只看到挂着破葫芦的这个小酒店仍在开门营业，里面的客人还不少，划拳行令，很是热闹。

乾隆身着便衣，带着两个随从就进了这家小店。掌柜的一看进来的三位客人衣帽整洁，仪表不俗，连忙把他们让到了楼上。掌柜的很高兴，大过年的，多位客人多份收入。他把店中的好酒"佛手露"和酒店的几样拿手菜一齐端上桌，并亲自为三位客人斟酒、布菜，站在一旁伺候着。

饮罢酒，尝过菜，乾隆与随从对掌柜的在不知他们是何人的情况下，如此热情接待，生出几分感慨。与掌柜的闲聊中知道此店还没有字号呢，乾隆爷一高兴说："我给你起个字号，好不好？"掌柜的知道遇见了文化人，随口说："那敢情好呀！"

"都一处"最为拿手的烧麦，还是老年间的外形

说着，掌柜的拿来笔墨纸砚，乾隆握笔"唰唰唰"写了三个大字——都一处，并对掌柜的说："现在大正月的，街巷里的店铺、饭店都闭门谢客了，只有你这个黄酒馆开门，昼夜迎客。就叫它'都一处'吧！"掌柜的被夸得心里那个乐呀，他也不知此人是皇上爷呀，只是一个劲儿地道谢，送走了客人。

第二天，天一亮，小酒店迎来了有佩刀人跟护的一位官人——他明显是宫里当差的，进门就找掌柜的，王掌柜赶紧迎接。来人对他说："昨天皇上来你店喝酒吃饭，你伺候得好，赏你白银一百两，赶紧谢恩！"王掌柜一听都不知东西南北了，跪到地上"哆哆哆"磕了三个响头……"哇！昨日竟是皇上来我小店呀！"

这掌柜的抓住大好商机，把乾隆的题名制成匾，挂在门前；把乾隆坐过的圈椅用黄绫子铺上，拿黄缎子打朵花系上。这样，到这儿

"都一处"前门大街店

用餐的客人，能得看皇上的题字，能一睹皇上的宝座。这以后，店里又添了皮薄馅满、味道鲜美的烧麦……

从此，"都一处"的名声就传开了，来光顾的客人差点儿把门槛给踢破了。直到现在，都一处每日都是顾客盈门哪！

全聚德烤鸭店

"不到长城非好汉，不吃全聚德烤鸭真遗憾！"全聚德是享誉久远的中华著名老字号。

全聚德烤鸭不仅是我们中国人的美食，也是许多国际友人的喜爱。诸多外国游客来到北京，吃的第一顿饭即是全聚德烤鸭。全聚德烤鸭已经征服了不少外国人的味蕾，吸引了无数人。

美国前国务卿基辛格来华，第一次吃了全聚德烤鸭后，就玩笑说："给我吃一只烤鸭，我可以签署任何文件！"哈！全聚德烤鸭还是外交的利器耶！

吃着肉质鲜嫩、汁液丰富、气味芳香的烤鸭，我们得感谢一百五六十年前的全聚德创始人——杨全仁。

杨全仁十五六岁时，他的家乡直隶（今河北省）遭受了一场特大的洪涝灾害：良田被淹，房倒屋塌，大批的灾民无家可归。杨全仁随着逃难的人群流落到了北京。凭着他年轻力壮，又有股子机灵劲儿，很快在一家杂货店里落了脚，当个小伙计。他勤快、聪明，不怕脏不怕累，在小店里干了两年左右，不仅解决了温饱，竟还积攒下了一些钱。

杨全仁是个有志向的青年，他不甘总是给人家当伙计，心中有大目标。于是，杨全仁离开了杂货店，用仅有的那点儿钱开了个鸭子摊儿。

全聚德堪称北京美食行业中的金字招牌

那时的北京郊区有林木环绕的小河、沟渠，有不少农夫以养鸭为生。杨全仁吃苦耐劳，每日从京郊很便宜地买来鸭子，经他宰杀处理后，就在前门外大街通三益海味店门前一带，加价叫卖。贩鸭的买卖使杨全仁很快立住了脚跟，他的钱袋子也渐渐地鼓了起来。

杨全仁心中有了更大的目标，他琢磨着：要扩大自己的经营，挣更多的钱，必须有个固定的店铺才好。

踏破铁鞋无觅处，得来全不费功夫。正巧前门外一个名叫"德聚全"的干果铺店，因为经营不善，生意惨淡，连年亏损，还欠下了一屁股债务，老板急于出手卖掉店铺。这样的良机被杨全仁一把抓住，经过几番的讨价还价，杨全仁以最低的价格将店铺买下，他决计办一个自己熟悉的鸡鸭食品店，这一年是清同治三年（1864）。

附近的百姓都不看好这个位置的店铺，认为前几个店都是以倒闭告终的，这是块风水不佳的地方。杨全仁认定的事总要一干到底，店是一定要弄的！他按当时的习俗，不急于开业，而要先请风水先生来看看此店的风水如何。

传说杨全仁花重金请来了京城赫赫有名的一位风水先生来到了店里。风水先生里里外外看了一圈后，连连说："这真是一块难得的风水宝地啊！"那还用说，大家想想，这可是地处繁华的前门外商业街呀，当然是风水宝地。风水先生自有他的说法："这块宝地一前一后的两条胡同，就是两根轿杆子，这店铺就像轿子，店铺老板你就是轿中人！在这里做生意，定会生意兴隆，财源滚滚……"

杨全仁听后心里那个乐呀！想一想，自己是坐轿子的人了。

轿子是古代的一种特殊交通工具。民间百姓乘的是二人便轿，官员所乘的有"四人抬"和"八人抬"的轿子。杨全仁兴致勃勃地打趣风水先生："我乘的轿是'四人'的，还是'八人'的？"风水先生有问必答："杨老板您现在的店铺太矮小了，只是'四人抬'的轿；要是拆掉旧店铺，盖成新楼，那就是'八抬大轿'喽！"

杨全仁下决心，定要坐上"八抬大轿"，就暗下了重新盖楼的意向。他还请教风水先生，自己怎么能走出原来的"德聚全"的阴影，聚集更多的优势呢。

风水先生摇头晃脑，又出计："这原来的店除了经营不善，最重要的一条是店名不顺。如果你把'德聚全'三个字颠倒过来，变成'全聚德'，就冲其霉运，踏上坦途，一顺百顺。'全'有你的名字，'聚德'就是聚拢德行，上应天意，下合人心。"

杨全仁记下了风水先生的箴言。他先将旧店铺拆除，盖了新楼，又请来了对书法颇有造诣的秀才——钱子龙，书写了"全聚德"三个大字，制成了金字匾挂在了门楣上。在一片鞭炮声中，这经营鸡鸭的食品店便开张了。

尽管风水先生说得天好地好，没有杨全仁的苦心经营，不分昼夜地寻求改进之途也是不行的。

开业的头两年，全聚德的生意不冷不热；后来改成专门制作烤鸭了，仍没火起来。杨全仁深知要想生意兴隆，就得有好的厨师、好的堂头（厨师长）。他不分冬寒夏暑，有空就到京城的各类烤鸭店去转悠，一边品尝一边探查烤鸭的秘密，寻求厨师高手……在他的极力邀请下，终于把专为宫廷做御膳挂炉烤鸭的金华馆内的孙姓老师傅给挖了过来。

常生爐 不出个年灯

钩常樹百

1933年德国摄影师在全聚德拍摄前挂炉烤鸭

　　孙师傅带领全聚德的厨师按清代御用厨师的掌炉方法，并不断改进烹饪技术，终于制作出外形美观、汁盈饱满、颜色鲜艳、皮脆肉嫩、肥而不腻、瘦而不柴的烤鸭。

　　很快，全聚德的传统挂炉烤鸭蜚声远近，成了皇亲国戚的厚爱佳品，也吸引了京城百姓的目光。

　　请大家看一看 1950 年 11 月 1 日全聚德刊登的广告词，便可知它的

到全聚德吃烤鸭，成了来北京游览的必选项之一

环境幽雅，服务超前，不仅可以堂食，还有准时、不误的外卖快递呢！

广告上半部分是四行，从右到左横排繁体字的说明：

各位到北京必須到前門外肉市廿四號
北京第一著名烤鴨專家
全聚德
去嘗嘗掛爐烤鴨

广告的下半部分是从右到左竖排繁体字说明：

經百餘年精研究　營養豐富　酥脆焦嫩　美味適口　中外馳名
特聘名師精做各種菜羹　遠年花雕　座位清潔　服務週到　諸
君一嘗　保證滿意　電話定座　七·〇六六八
外叫電話通知
準時送上不誤

看了这广告词，更勾出大家的馋虫了吧？

现在再去全聚德，可以品尝经久不衰的全鸭席。全鸭席是把鸭膀、掌、舌、心、肝、胗制成各种美味的冷热菜肴。

颇有意思的是，相传一次全国人大常委会副委员长王光英在全聚德品尝全鸭席后，说："全鸭席原料都全了，唯独缺少一种菜。"众人忙问："什么菜？"王光英笑答："是鸭蛋啊！"于是，厨师又推出了一道"水晶鸭宝"，填补了全鸭席的空白。

"六必居"的金字招牌

当您走进大栅栏商业街的粮食店街，还隔着很远就能闻到六必居酱菜的香味，很多人都在此驻足并购买。

对于"六必居"，大多数人只知道它是有名的酱菜，特别是在清代被宫内定为御用小菜的大酱瓜、八宝菜、甘露、甜酱黑菜、十香菜、白糖蒜、稀黄酱、铺淋酱油等十个名品，但对"六必居"这三个字的来历却不很了解。

关于"六必居"的来历，我们先简单讲讲大家多知的这么三种传说：

其一说，六必居最初开业的时候，由山西临汾西杜村人赵存仁、赵存义、赵存礼兄弟等总计六人入股合开。他们文化水平也不高，就花重金拜请了当时写书法很有名的权臣严嵩来题写匾额。严嵩连取名带写字，思考了一下六家股东的现状，提笔便写了"六心居"这三个字。但转念一想，"六心"岂能友好合作？他便在"心"上加了一撇，

六必居匾

"六必居"这三个大字就此延传。

其二说，此店始起于酿酒，而酿酒中提出的几个好酒酿造的诀窍是"秫稻必齐，曲蘖必时，湛炽必洁，水泉必香，陶器必良，火齐必得"，故称之"六必居"。

其三说，六必居起初经营"柴米油盐酱醋"，因为气味太重所以不售茶叶，酱菜只是其中的一部分。后来酱菜因为制作最优，所以拔了头筹立了品牌，于是就专门腌制酱菜了。

下面再来个另一说法，也一并讲给您听。据说，严嵩本是喜欢"六必居"酿的酒，经常派人来买。东家和掌柜的就借机拜托相府里面常来店里买酒的男仆，去向严嵩求块匾。男仆回去求到丫鬟，受宠的丫鬟就向上央求夫人。严嵩的夫人欧阳淑端是个老好人，于是她天天在丈夫面前反复书写"六必居"三个字。严嵩看她写得实在不好，

"六必居"的东家与伙计们合影

就亲手写了一幅，让她照着练。而严嵩的那张笔迹，就这样送交了六必居的东家，他们赶紧刻成了一块只有题名，而没有落款的匾额，留传至今。

在南城的老北京中，还流传着这么一个传说：六必居现在挂的这块匾是假的！他家的真牌子，早就在康熙年间，随着店铺的一场大火烧没了。

假牌子还是真牌子，有个什么说道吗？

传说在明末清初的时候，这"六必居"就慢慢有了名气，变成了京城名店。招来学徒的或者雇来打工的伙计，也都是精挑细选，从品行到面貌和技能，都要有预先的测试。这"六必居"酱园子、油盐店的徒弟们，全能写一手好字，那是见天开菜单子练的。晚间上门挂板、打烊以后的一个多钟头，就是掌柜的让学徒学打算盘、开菜单子、练习写字的时间，这是多少年留下的老传统。所以店内的大小伙计，行书楷书都写得不错。一幅宣纸小条上面，都是"黄面酱""酱瓜条""陈年老醋"……看上去笔力不错，也算赏心悦目。有个小学徒，偏偏喜欢自己偷偷练习写严嵩题的那三字店名——六必居。因此，每天习字的时候，他用笔书写；甚至扫地的时候，他也拿着笤帚

旧时制作六必居酱菜

"六必居"柜台的陈列仍获百姓青睐

一边扫地一边比画:六必居,六必居……天天如此,月月如此,年年如此,他写的大大小小的"六必居"几个字,确实和真迹一比一,功夫到家没区别哪。

康熙年间的一次失火,把六必居整个店铺都烧毁了。坛坛罐罐损失还好说,但是这牌匾一烧没了,东家可就跳着脚着急啦:"坏啦,这是严嵩写的,咱们写不了哇。"他一声令下,掌柜的、账房先生和众多伙计等等,都纷纷按照自己的记忆写出"六必居"这三个字,但是谁的笔体都差那么点儿意思。这时候,那本来没被人瞧得上眼的小学徒说:"我要不大着胆子,也写个样子,东家您给看看。"

写得一笔好字，可是伙计必须要有的看家本事

　　他把原来练的字条，拿出来让大家一看，东家喜出望外："嘿！行啊，你来写一块吧。"小学徒提笔就写，还真不错，就是可惜啊，字儿太小了。东家给了小学徒大粗毛笔、整张的宣纸，他却总有些写得不得劲，差那么几分，达不到原字的气势。毕竟店里的生死存亡，很大程度寄托在这牌匾上啊。小学徒还是抄起自己习惯使用的笤帚，饱蘸浓墨，直接在木制的无字空匾上，肆意写出了"六必居"三个字。店里的人都看傻了，这就是"真迹"无疑啊……

　　所以，现在这匾就是那学徒写的。而且后来各种各样的"六必居"三个字，也是从那匾上拓下来的。这几个字写得苍劲有力，您瞧那"必"字，中间一笔一般人全写成一撇，人家则是一杠子，直插入内，然后笔意这么一提，显得特别有劲。

第二辑

传说，让都城增添色彩

垂花门遗影　张维志绘

正阳门的传说

正阳门至今已有六百多年的历史了，它跨越了明、清、民国以及中华人民共和国这四个时期。正阳门的城楼、箭楼、瓮城以及它前边的正阳桥、五牌楼曾是北京城最雄伟壮观的一组建筑之一，也是北京中轴线上的重要标志。

正阳门是明、清两朝都城的正门，处在皇城与宫城的前面，又被俗称为"前门"。

老北京内城本来有九座不同规格、不同功用的城门，现在仅存正阳门和德胜门箭楼了。正阳门又称"国门"，曾是专供皇上走"龙车"的门。皇上每年一般情况下会走正阳门两次：一次是冬至到天坛去祭天，另一次是惊蛰到先农坛耕地。

其实正阳门原名叫丽正门，史书上大多记载是明正统元年（1436）改的名。传说在明朝英宗皇帝时期，京城常有一些歹人装神

正阳门之箭楼旧影

弄鬼出来吓唬百姓，净干些偷鸡摸狗的坏事，在皇宫内外传得沸沸扬扬。皇上周围的百官纷纷建议皇上请个高僧、道士来出出主意、做做法事，降伏这些"妖魔鬼怪"。

于是皇上请来了一个又一个"高人"，来者在皇宫里横吃横喝，耍弄了一番，实际上啥真本事也没有，丝毫也没镇住"鬼魅"出来害人。于是，这些骗子一个个都又被轰走了。

有一天，某官员请来了一位道士。猛一看，以为这位是济公的兄弟：鞋儿破，帽儿破，身上的袈裟破，走路一瘸一拐……张口是满嘴的不知啥地方的方言。此人进宫后只顾东瞧瞧西看看，见了皇上也不知跪拜行礼。

皇上一开始想把他轰出去，转念一想：听人说如此不羁的人，大多有真本事，不妨试试看吧——

道士坐下后，对皇上说："贫道刚才来时，看到城门的牌楼上'丽正门'三个字。皇上，贫道认为这可不妥呀！'丽'是形容女子貌美之词，怎么能用在这国门的门楼匾上呢！……"皇上一听，忙问："那你就说说，改个啥名儿好呢？"道士正感到头皮发痒，便摘下破帽子，挠了挠头皮，边挠边说："真痒、真痒……"这不知啥地方的方言，被皇上和众臣听成了"正阳、正阳……"他们在下边合计了一下，觉得叫"正阳"确是不错，于是皇上给这个"济公兄弟"一些赏钱，便打发他走了。

皇上即日将"丽正门"改为"正阳门"，换上了大匾。抬头看着这新的匾额，皇上打心眼里高兴，越想越觉得此名好呀！

正：公正、平正、正明、公道。

阳：阳光、明亮、和暖、透明。

"正"加上"阳"：圣君如日、四海瞻仰、江山安稳、帝都永固。

还别说，此后歹人出来害人的事还真少了，"鬼魅"伤人的事也渐渐地被人们遗忘了。

望着这高大雄伟的正阳门城楼，人们常问：它有多高呀？曾有人说41米，有人说42米，还有人说了其他一些数字。现在有了来自

绘制于清乾隆三十二年（1767）的《京师生春诗意图》中，有对正阳门一带市井风貌的生动描绘

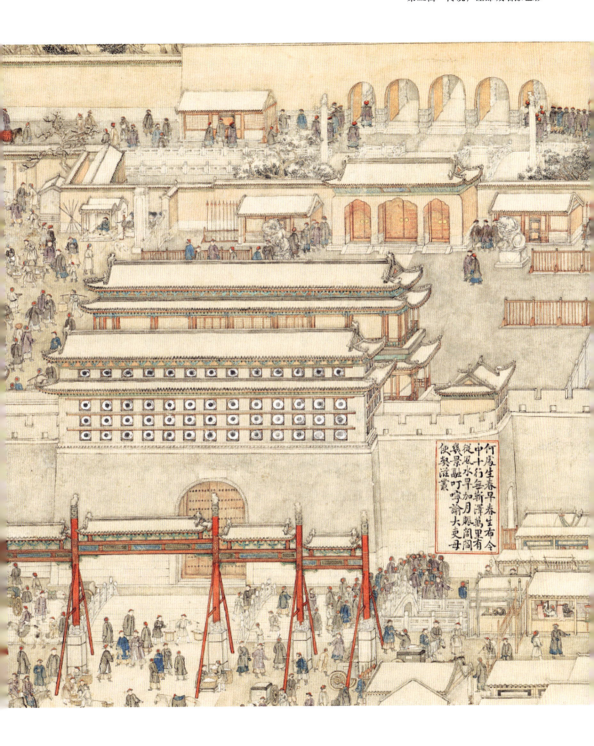

何处生春早　春生布令
中十行无泽　万里有新泽
从风水旱加　眼间有月眼
几景融叮间　大更诸宁叮
便契涵丛　　母

北京市古代建筑研究所实际测量的精确数据：城楼高度为43.65米，箭楼高度为35.37米。

老北京人对城楼高度总是这么说："前门楼子九丈九！"这说法来自一个传说故事：

当初建正阳门这个北京皇城重要的正门的时候，皇上就下旨：高度必须是十丈，下层是一个墩台，墩台上有两层城楼；三层楼有十丈高，而且每层高度相同。

从诸多的工匠中，一位雷姓师傅被选中。他是一位认真负责、精益求精、经验丰富的设计师，他设计的建筑要精确到毫厘不差。

雷工匠接旨后，"十丈高、十丈高"一直记在心上。把十丈分为三层，每层高度是三丈三尺三寸三……没办法除尽，这可咋办？图纸画好了，高度却让雷工匠伤透了脑筋！

一天，工地上突然来了一个卖酒的老头儿，推着一辆木车，上面装了三个大酒桶，他边走边吆喝："酒！酒！酒！"雷工匠正烦，哪有心思买酒来喝！正想差人把老头儿轰走，老头儿又提高嗓门喊："酒！酒！酒！"雷工匠一拍脑门"酒——九，九丈九正好被三除尽，每层三丈三……这么简单的事，我咋没想到呀！"他正想谢谢这位令他开窍的恩人，但已不见老人的踪影了。

经过诸多工匠一年多的辛苦施工，正阳门那高大、宏伟、亮丽的城楼就建成了。

正阳门箭楼的工程也进行得很顺利。基本完工时，皇上带一队人马来视察。皇上边看边皱眉头，他觉得这个箭楼没有他期望的那么高大壮观……皇上下令：必须在一个月内把它进行修整，必须得高大

正阳门城楼、箭楼、正阳桥等建筑图样

气派才行，否则格杀勿论！

　　时间紧，任务重，要求高，这是人命关天的事呀！就在工匠们一筹莫展的时候，一个讨饭的老翁来到工地。盛饭的工人给老翁一碗饭菜。老翁端着碗不肯离开，指着盐罐不停地说："加点盐，加点盐……"菜已经够咸的了，怎么还要加点盐？旁边一个工匠学着老翁的口气，拉开腔调开着玩笑说："加点盐！加点盐！"这当儿正巧走过

此是鲁班爷手挐木尺瓦木石行人供之

鲁班被尊称是土木建筑鼻祖

来的雷工匠听到了，他眼前像突然闪出了一扇窗户般亮了起来，可不是嘛，箭楼的顶子上，加个宽大的檐子，不就能显得高大气派了吗？

于是，雷工匠带领大家给箭楼的顶子加了一圈飞檐。哇！一下子箭楼就显得高大起来了！

正阳门城楼子弄它个"九丈九"，箭楼子格外地加大了顶檐，这办法都不是寻常人能琢磨得出来的，后来大家明白了：那卖酒的老头儿，那讨饭的老翁，原来都不是别人，那是我们的祖师爷——鲁班爷点化咱们来啦！

游客们，参观了正阳门的城楼和箭楼后，别忘了看看正阳门城楼南侧前正中位置地面上的中国公路"零公里"的标志。这是一个用青铜合金铸造的标志，东、西、南、北四个铜字指示着方向，铜字内侧是青龙、白虎、朱雀、玄武，中国古代四种神兽的图案。标志中心是一个车轮，车轮形象代表着以首都为中心四通八达的中国公路网。

正阳门上刘墉巧对乾隆

　　说起刘墉，百姓对他的评价是刚正不阿、疾恶如仇、兴利除害、平反冤狱……总之，刘墉是百姓公认的清官。

　　刘墉聪明、机敏、滑稽、诙谐，民间流传着许多有关刘墉的传说，其中不少都是他与乾隆皇帝智斗机巧的故事。

　　这一年正月十五元宵节到了，乾隆皇帝兴致勃勃提出要登正阳门城楼观看街景。于是三宫六院嫔妃宫娥梳妆打扮好了，与文武百官一同陪乾隆皇帝前往正阳门。

　　宰相刘墉和大权臣和珅伴在乾隆的左右，登城楼走在楼梯上。乾隆又想拿刘墉这个罗锅子开涮。皇上看着刘罗锅上楼的那费劲样儿，取笑说："罗锅子登梯——前（钱）紧呀！"刘罗锅直直那罗锅腰，继续费力登梯。乾隆问："朕上楼梯怎么说？"刘罗锅没打奔儿，马上说："万岁爷您这是步步登高呀！"乾隆心中说：好个圆滑的拍马

乾隆皇帝（1711—1799）
名爱新觉罗·弘历，是中国封建社会
赫赫有名的皇帝。乾隆帝在位期间清
朝达到了康乾盛世的最高峰

刘墉（1719—1804）
字崇如，号石庵，山东诸城人。
是清朝政治家、书法家，以奉公
守法、清正廉洁闻名于世

屁的罗锅子！"那么，我要下楼梯呢？"刘墉心里一惊，没料到还有
这么一问呢。"步步登高"相反是"步步走低""步步向下"，这话就
是诅咒皇上走背字儿，绝不能说呀！刘墉一拍脑门儿，笑着说："后
辈更比前辈高。"乾隆听罢，拍拍刘墉的罗锅腰，笑着登上了城楼。

　　嗬！城楼下彩灯闪烁，花炮映红了半边天，人来人往，人头攒
动，城楼下像个大集市，好不热闹！乾隆皇帝指着城楼下的人，转过
头来问紧随身边的和珅："和爱卿，你估摸着下边来来往往的共有多
少人哪？"和珅赶紧用眼睛瞟着下边人群，心里数着：一五、一十、
十五、二十……一百、二百……半天数花了眼也没数出个大概的数
来。乾隆很扫兴，就捅了捅身边的刘墉："罗锅子，你来说说城下有
多少人。"刘墉眨巴眨巴眼，不紧不慢地说："回万岁爷，下边就两个
人。"乾隆笑了，心想不知这罗锅子又出什么幺蛾子呢，"你说说看，

从箭楼向南望去，正是前门大街上熙熙攘攘的人群

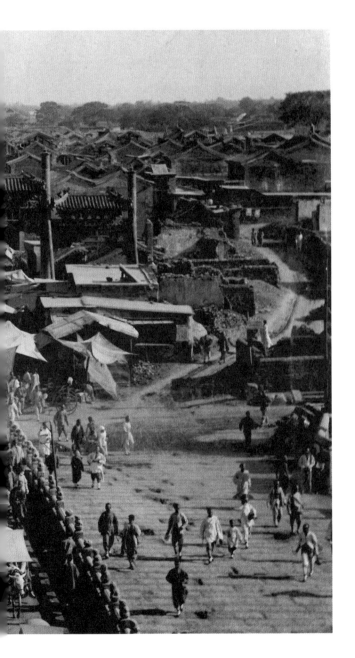

怎么是两个人？"刘墉瞭了一眼和珅，回皇上道："依着臣下看，这么多人，不过是两种：一个是为名，一个是为利而已。"乾隆一思忖，真是这么回事！

这时，远处东西各走来一群吹吹打打的人，细看才知道一队是抬着棺材送葬的队伍，一队是轿中坐着新媳妇来城里逛街的队伍。乾隆皇帝看着热闹，心里不忘要考考身边的刘罗锅，总想出个难题，把他给考倒了。乾隆出题了："刘爱卿，朕再出一题给你，你答对了，朕给你加官两级，俸银千两；如果答错了，朕摘掉你的顶戴花翎，贬职为民，回你的老家去……"刘墉心想也不知道是啥难题，但只能硬着头皮接着，他从从容容地鞠了个躬，毕恭毕敬地回应："皇上请赐问……"乾隆摇头晃脑地说:"你说说,咱大清朝全国上下一年生了多少人?死了多少人?"众官员一听这题,都傻了眼了,替刘墉捏着一把汗。要说这怪诞刁钻的难题,就是宫中掌管统计生死人数的官员也难准确地回答出来呀……刘墉望望城楼下的人群,故意把答话放慢了节拍:"回万岁爷,一年生一个,死十二个!"

乾隆忙追问:"什么?国家这么大,人这么多,一年怎么才生一个,倒死了十二个呢?啊?"刘墉凑近皇上耳边,慢条斯理地解释道:"皇上您想想,国家再大,人口再多,一年甭管生多少个,一年也只是一个属相;一年甭管死多少个,也肯定在十二个属相中的呀!"乾隆一想,也是啊,他不得不暗暗佩服刘墉的聪明才智。事后,乾隆兑现了他的许诺,给刘墉加官加俸,刘墉于是又拿出俸银支援家乡的父老乡亲们了。

刘墉的这一类传说还有很多。

传说有一天,乾隆又想出难题考考刘罗锅:"罗锅子,朕出个上联,看看你能对上吗?"刘墉近前一步,胸有成竹地说:"臣能对,哪一次臣不是都对上了吗!"

乾隆皇上让太监笔墨伺候,他边书边吟:"日昍(读"煊")晶朤(读"六")安天下。"刘墉望着上联中的两个字发愣:两个日字并肩,四个日字并肩,这凡人难得见到的稀有字,该怎么对下联呢?

乾隆皇上和身边的群臣都等着看刘罗锅的难堪呢!

刘墉到底是学识渊博的奇才,只沉思了片刻,他手握笔,也边书边吟:"月朋晶(读"晶")朤(读"朗")定乾坤。"乾隆皇上从来没见过三个"月"、四个"月"的字,便认定是刘罗锅自造的,心里赞这个鬼精灵的罗锅子，但嘴上却呵斥道："你好大个胆子！竟敢自造字糊弄朕！该当何罪？"

刘墉跪倒在地，边磕头边辩解："臣无罪呀！是万岁爷您让我对下联的。您听我说说这对联的意思：万岁爷您好比太阳，恩泽普照天下；六宫后妃、群臣及百姓就是月亮和星星，有了太阳的光辉，月亮和星星才能得到光泽呀！"

乾隆皇上听后哈哈大笑，众臣也频频点头，一致认为所言极是。

这个古怪的对联也就流传下来了。

传说有一年，乾隆皇帝过生日，文武百官抓住这溜须拍马、加官晋爵的机会，个个都四处搜罗奇珍异宝，进献给皇上。皇宫里到处摆着各地官员送来的礼品，令人眼花缭乱。唯有刘墉稳坐泰山，没有一丝行动。

乾隆生日那天，他特意把刘墉叫到身边，不满地问："罗锅子，今日是朕的寿辰，你给朕备了什么礼啊？"

刘墉立刻从怀中掏出一个泥捏的不倒翁，放在御案上，不倒翁左摇右晃，始终不倒……"万岁爷的江山永不倒啊！"

乾隆收下了这一文不值的不倒翁，心里却在夸赞罗锅子的聪明智慧无人可比啊！

天下第一的关帝庙

北京城有"九门十庙"的说法，意思是内城的九座城门，都在瓮城里建有庙宇，除了正阳门外的八座城门，安定门和德胜门的瓮城内建的是真武庙，剩下的六座城门的瓮城内都是建的关帝庙。那么正阳门的瓮城内呢？正阳门在城楼下面两侧各建了一座庙：东为观音庙，西为关帝庙。这正阳门瓮城里的关帝庙，因为"入口"位置特殊，"流量"大"故事"多，被尊称"天下第一关帝庙"。

正阳门瓮城里的关帝庙建筑规格非常高，使用皇家御用黄琉璃瓦，汉白玉石碑，院中花竹茂盛、松柏入云，围墙高大结实庄严肃穆，直似皇家御用一般。庙中祭祀所用器物，均出自明朝皇宫御赐，意义非凡。这座庙如此出名，有一半的功劳要归于三样东西，一直以来都被小心地供奉在庙里。

这第一样，就是三把关公大刀，最重的有两百公斤，其他两把

三国名将关羽去世后，逐渐被神化，被民间尊为"关公"，又称美髯公。历代朝廷多有褒封，清代奉为"忠义神武灵佑仁勇威显关圣大帝"，崇为"武圣"，与"文圣" 孔子齐名

也分别有六十公斤和九十公斤。

第二件宝贝，是关公的一张画像，据说是出自唐代大画家吴道子之手，名家名作价值连城，大家也清楚。

这第三件，是一匹用汉白玉雕刻的白马，据说是出自明代。

现在单说这匹马吧：虽说白马雕工细腻，但关帝庙中出现一匹白马这本身就是件稀罕事，关羽的形象不该是骑着赤兔马吗？若是强

民国年间拍摄的关帝庙内景

调颜色，也应该是红色才对，这匹用汉白玉雕刻的白马明显就在强调马的白色，可这到底是一个低级错误，还是另有隐情呢？关于这件事还真有个说法，此事与朱棣有关。

那年明成祖朱棣率军亲征蒙古，一心想剿灭残存的北元蒙古兵马，进而缓解其对长城一线的战略威胁。数十万明朝大军随从朱棣，打到漠北的某一日，突然狂风骤起沙暴漫卷，在厮杀追打中整个队伍迷失了方向，全军困在无边无涯的沙漠里，补给困难，军心动荡。漫漫沙海不见天日，如何脱得了身啊！

忽然前方霞光万道，瑞彩千条，金光笼罩着一位天神跨马前行。朱棣他定睛观看，不由得喜上眉梢。那员战将面如重枣，卧蚕眉，丹凤眼，面生七痣，五绺长髯，头戴夫子盔，身穿绿缎子蟒袍，外披墨绿色的斗篷，手提青龙偃月刀，胯下白龙马！明成祖一看，哎呀，天降关圣。嗯？不对，关公骑赤兔马呀，怎么改白马啦？哎呀，此时是军机万分急迫，哪还顾得上什么红马白马呀，朱棣边走边想，犹豫间，却也对军士们吩咐一声："来呀，大军跟随关圣而往。"

那员大将引领着全军迅速前行，不一会儿就将明军队伍带出了沙海绝境……朱棣征战胜利后，非常感谢这位骑白马的将军，认定了他就是关公显圣，天神助攻啊！事实上，关羽在宋代被封"义勇武安王"，此后一直是军队中的战神。朱棣的老爹明太祖朱元璋就格外尊崇关公，在未称帝之前他的军队走到哪里就把关帝庙修到哪里。建立大明帝国之后，朱元璋罢祀"武成王"姜子牙，在当时首都南京的鸡鸣山上敕建关帝庙，足见这位"战神"关羽在明代朱氏一族皇家心目中的地位。

这一天，大军浩浩荡荡随着御驾回到北京，满城老百姓都走上街，要看看皇上得胜而回的雄姿。朱棣骑在战马上冲着百姓不住点头示意。兵马走到正阳门这儿，猛然间从路的对面，就听"嘶——"的一声马啸，紧跟着由远而近跑来一匹白马。这匹马到了御驾跟前，低头甩尾，四蹄刨地，泪如雨下。

"这是拦路马啊？！"明成祖朱棣可纳闷儿了。怎么回事？再仔细看这马，真好像是大漠之中，关圣所骑的那匹神骏白马，莫非神马显圣吗？

再看这匹马发现整个军阵都被它拦下，护驾的大臣和街上的民众都逐渐围拢过来，白马"扑通"一下前腿跪地，不住哀鸣。朱棣一看："白马，你拦驾鸣冤，是否要告状呀？倘若有冤枉，你就对天长啸三声。"话音刚落，这匹马仰面朝天，长啸三声。文武百官、看热闹的老百姓和皇上，全都纳闷儿了。

成祖说："好，既然如此，你头前引路，朕随你前去。"白马点了点头，站起身来，扭头西去。明成祖率领文武百官随后而来。穿大街走小巷，路程不算远，来到一个小酒店。三间小房的门面，高挑酒幌，后头是个小院。大白天的关门上板，没开业。白马来到门前，尥着蹶子"咴咴"直叫。成祖一点头："事出有因，就是此处。来人，去开门。"

兵士冲进小酒店里，最后在白马的指引下，从院中老槐树下刨出了一具刚去世没多久的尸体。原来这个酒店是傅姓夫妻俩受人资助开办的，资助他们的是山西刘姓布商。酒店开张后，生意非常红火，刘布商趁着来前门大街绸布商行做买卖，来此重叙旧谊，不想酒店傅

正阳门瓮城内的关帝庙旧影

董其昌所书《汉前将军关侯正阳门庙碑》帖（局部）

姓两口子心生歹意，蓄意谋杀了恩人，并将尸体埋在自家院子的老槐树底下。他们夫妇原以为此事可以瞒天过海滴水不漏，不承想，刘布商的白马逃出去，拦御驾告发了他们。

成祖下令将傅姓夫妻就地正法，以儆效尤。行刑完毕，人们正准备安抚白马，却发现白马无痕，早已不知去向了。在旁的大臣都拱手祝福朱棣，说是天降关圣庇佑皇帝，神马鸣冤清明爱民，如此这般，大明王朝才是国运天长，神明庇佑呀。

朱棣闻听大喜，遂下了命令，在正阳门内修建关帝庙，隆重祭祀，并雕琢汉白玉白马为关帝坐骑。数年后，朱棣更是下旨并告诫子孙，凡国家有大灾，都要到关帝庙上香，焚表祭告。

在明成祖朱棣的永乐朝的二十多年的时间里，百万将士被征调参与"天子守国门"的铁马金戈，热血染红北疆荒漠和草原，才维持了漠北一线在国防安全上的相对优势。

明万历四十三年（1615），明朝因灾在正阳门关帝庙这儿举行过一次隆重的祭祀活动。祭祀当日，皇帝派司礼监太监李恩齐手捧帝王服饰九旒冕、玉带、龙袍和赐封"关圣三界伏魔大帝、神威远震天尊关圣帝君"的金牌，在正阳门关帝庙建醮三日，颁告天下，更使正阳门关帝庙的名声大振。

从此以后，历经明清两代，北京城的关帝庙如雨后春笋，一共修建了一百多座。同时在地安门等处也出现了白马关帝庙，据说就是为纪念朱棣遇到的这件事。

清光绪二十六年（1900）庚子之乱前后，关帝庙中的几样宝贝啊，都陆陆续续失踪了，可惜啊！

天安门的石狮子

北京作为一座历史悠久的古城，保存下来了数不尽的石狮子。很久以来，人们把石狮视为吉祥物，在宫殿、寺庙、佛塔、桥梁、府邸、园林、陵墓等建筑物的大门两旁一般都矗立着一对威严的石狮子。一些富有之家的民宅，虽因为地位关系不许逾制，宅前也不敢使用大石狮，但仍常在门枕石上刻一对萌态可掬的小石狮，以表示家道殷实。

石狮都是雌雄成对，相互呼应，按中国传统的男左女右阴阳哲学，雄狮居左，雌狮居右。雄狮的右前爪玩弄绣球，或两爪之间放一个绣球，称为"狮子滚绣球"，象征着其权力统一寰宇。雌狮的左前爪下抚着一只小狮子，称为"太狮太保"，象征着子嗣昌盛，繁衍绵延。

石狮蹲伏着的座石一般呈长方形，四面雕刻着不同的花纹。正面雕刻着瓶、盘、三支戟，象征着"平升三级"；后面雕刻着八卦太极图，象征着"镇妖降魔"；左右两边分别有象征"富贵常青"的牡

118

现如今的石狮子已是国家重点保护文物，这是"受伤"的那石狮子东边的一尊

天安门石狮子和华表旧影（19世纪60年代）

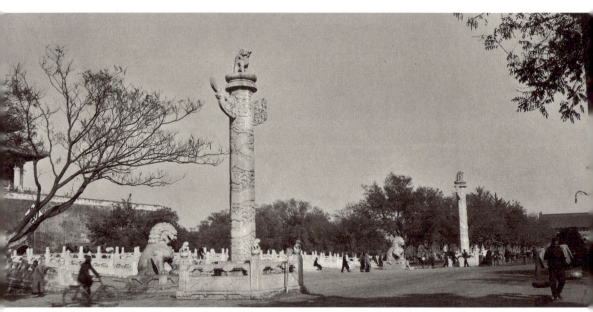

天安门石狮子和华表旧影（20世纪40年代）

丹、松柏，以及象征着"文采风流"的笔、墨、纸、砚。

石狮在漫长的历史年代中，伴随着千百年的沧桑巨变，目睹了朝代的兴衰更替。

天安门前，金水河南北两岸，东西两侧，各有一对厚重敦实、雕刻精美的守门石狮。这两对石狮头披鬈发，张嘴扬颈，睁圆双眼，全神贯注地盯着天安门前的御道，那昂然庄重的样子，显示出它的尊贵和威严。让人不由感叹：果然不愧是真龙天子跟前的忠实卫士！

站在天安门西边、金水河北岸的那只石狮子面前仔细观看，你会发现它光滑的前胸竟然有一非常明显的凹坑伤痕。怎么会有这么明显的伤痕呢？

传说让人不禁回到了明朝末年的崇祯年间——

起义军首领李自成在明崇祯十六年（1643）在襄阳自称新顺王，次年正月，建立大顺政权，年号永昌。消息传到崇祯皇上的宫里，皇上慌了！有人说皇上偷偷跑到了一个寺庙里去问卦。崇祯皇上问和尚："你给朕算一算，朕的皇位能不能保住，大明的天下还有没有啊？"和尚半天没答话，沉思后只吐出一个字："有。"皇上听了，高兴了，想：我大明江山还可以稳坐哪！但他还是不放心，带着和尚的话又去找一个测字先生去测一测。这个测字先生唉声叹气，跪倒在皇上面前，无奈地说："皇上恕罪，大明天下结束了——您看'有'字拆开为'ナ'和'月'，'ナ'是'大'字少了一捺，'月'字是'明'字缺了个'日'。大明没有了……"崇祯惶惶跑回宫里，度日如年！

李自成起义军攻入北京城时，崇祯皇上走投无路，先逼死了皇后，又砍伤了公主，最后逃到了景山，吊死在东麓山脚下的一棵槐树上。也有史料说他是吊死在山边的一座寿皇亭里。

皇上死了,守城的官兵更无心应战了。李自成的兵将一路势不可当打到北京城下,守城的太监打开城门,李自成队伍浩浩荡荡进了城。很快到了正阳门,守城门的大将李国祯千方百计想守住正阳门,但终寡不敌众,李自成率起义军闯进了正阳门。进了大明门,远见承天门城楼上的"承天之门"四个金色大字格外引人注目。李自成在马上随手举起铜胎铁背硬头弓,搭上一支铅头飞羽长啸箭,"嗖"的一下射将出去,"吧嗒!"正中"天"字,起义军兵将齐声高呼:"万岁!万岁!"

李自成带领大军大摇大摆地往前走,承天门护城河的南北各有一对汉白玉的石狮子引起大家的注意。李自成正想催马近观石狮,突然身边的一个士兵拉住了缰绳,喊道:"小心!石狮后有人!"李自成喝住士兵:"哪里有人?莫胡说!"其实,李自成火眼金睛早已发现了有个人藏在西边的那只石狮后面,怕是要伺机行刺吧……这人哪里是李自成的对手,李自成不过是想佯装不知,打他个措手不及。说时迟那时快,李自成拖枪催马,直奔那个石狮扎去。只见一团火星迸出,"当"的一声,石狮胸前落下了一个枪坑!藏在后面的那个人吓得屁滚尿流,跌倒在地,被抓个正着——此人就是守正阳门的那个李国祯!原来这李国祯在正阳门失守后想逃跑没跑掉,落得个被活捉的下场。

承天门在清顺治八年(1651)改名为天安门,那只石狮一直守在天安门的金水河畔,它目睹并记录了历史的沧桑。当然,石狮身上的枪痕实际上是石质本身存在的毛病,这段传说属穿凿附会,增加了人们对历史的追考。

"牛郎桥"与"织女桥"

晴朗的夜晚，站在天安门广场，面向天安门，抬头仰望星空，找一找茫茫的银河——那是横跨星空的一条宽窄不一的白色亮带，它是由许许多多、密密麻麻的恒星聚集在一起形成的。古人把它想象为天上的河流，称之为"天河"。早在先秦时代就用地上的黄河、汉水的代称将银河称为"河汉"，也称作银汉、星河、云汉。在欧洲古希腊称银河为奶乳铺成的路或者就称"乳之路"。

我国古代著名的传说故事"牛郎织女"中的鹊桥就铺设在这天河之上。

很久很久以前，有个村庄叫牛家庄，庄里有兄弟俩，父母早逝，弟弟与哥嫂一起生活，人们称弟弟为牛郎。牛郎与老牛相依为命，在荒坡上耕田种地。日子虽苦，但有通人性的老牛陪伴，牛郎还能勉强生活，只是牛郎常常感到十分寂寞。老牛看在眼里，急在心里。它可不是一头寻常的牛，它是天上的金牛星下凡到人间的。

　　一天，老牛突然开口说话了！它对牛郎说："牛郎，今天你到树林深处的池塘那里去看看。那儿有许多仙女在洗浴，你选衣堆中最漂亮的一件彩衣藏起来，那彩衣的主人便是你的妻子。"

　　牛郎将信将疑地按老牛的指点悄悄地到了池塘边。哇！果真有一群仙女在池中嬉笑洗浴。他找准时机，迅速地从衣堆中选了一件最漂亮的衣裙藏在了树林中……

　　半晌过后，洗浴后的仙女纷纷上岸，穿上各自的彩衣，轻盈地

明代以牛郎织女为题精细的洒线绣

飞回了天宫。唯有名为织女的那位姑娘羞涩地待在岸边。牛郎把彩衣还给了织女，织女便下凡成了牛郎的妻子。

织女是玉皇大帝的孙女，她美丽聪明，多才多艺，心灵手巧。牛郎、织女结婚后，男耕女织，相亲相爱，日子幸福美满。一年后，织女生下了一儿一女的龙凤胎，他们生活中更是充满了无限的乐趣。

不料，此事被王母娘娘知道了，她要派遣天神把织女带回天宫。老牛先知先觉，它把此讯告诉了牛郎、织女，然后就一病不起。老牛

牛郎桥在天安门东侧新修建的菖蒲河公园内

织女桥的地名至今仍在

临终前告诉牛郎，披上它的牛皮便可飞上天宫……

牛郎留下了牛皮，埋葬了老牛。

一日，天空狂风大作，天兵天将从天而降，一拥而上带走了织女。牛郎迅速披上牛皮，把儿女分别放入箩筐，挑起扁担急追而上。飞上天空，眼看要追上了，谁知被驾着祥云赶来的王母娘娘用金簪在牛郎、织女之间一划，瞬间一条波涛汹涌的天河横在中间，牛郎无法跨越了！

此时，牛郎一家四口人的眼泪化作了倾盆大雨。

王母娘娘见此情此景，也动了恻隐之心，同意牛郎与孩子们留在天上，但每年只有七月七日的晚上才能相见一次。

从此，牛郎、织女隔着银河，遥遥相望，就是我们见到的银河两岸的织女星和牛郎星。牛郎星旁边还有两颗小星，便是他们的一儿一女。

每年农历七月七日的晚上，成群的喜鹊飞来为他们在银河上搭起鹊桥。牛郎织女在鹊桥上互相倾诉着无限的思念与爱慕。

抬头仰望，夜空中银河两岸的牛郎星、织女星格外引人注目。银河东岸的牛郎星是天鹰星座中最亮的，西岸的织女星是天琴星座中最亮的。

望了天空，再看地面。大家可能有所不知，天安门两侧的有些风物景观与牛郎、织女的传说有渊源。

明永乐四年（1406）皇帝朱棣开始营造北京皇宫和城垣。在修建紫禁城时，开辟了两条金水河：流经紫禁城太和门前的为内金水河，流经天安门（那时叫承天门）城楼前的为外金水河。外金水河上有金水桥，在河的东西两侧曾经还有过两座小桥，即牛郎桥和织女桥。

天安门东侧金水河下游的菖蒲河上的小桥，名为"牛郎桥"；西侧金水河上游御河上的那座小桥即是"织女桥"，如今是在南长街南口券门的东侧。两桥相距二里地，均是有弧度的单孔券石桥。

以牛郎织女传说为题，还发行过精美的邮票

两座桥年代久远，好多年前均已拆除。不过还好在今日的菖蒲河公园内，紧依着皇城的红色宫墙，绿草垂柳之间又复建了一座汉白玉石质的牛郎桥，朋友们有机会当然应去看看。

织女桥可惜还未修复。不过从清皇朝图或民国间的北京老地图上还可以清楚看到织女桥的位置。位于织女桥北的胡同叫织女桥北河沿，桥东的胡同叫织女桥东河沿。织女桥的名字至今还保留着。

回到当初，营造北京城的时候，紫禁城的外金水河上建牛郎桥、织女桥是秉承了永乐皇帝的旨意。因为永乐皇帝把自己比作玉皇大帝，把紫禁城当作天宫，金水桥即是鹊桥，牛郎桥代表牛郎，织女桥代表织女。朱棣设想自己就是生活在人间的天堂里。

相传每到农历七月七日的夜晚，朱棣会带着嫔妃来到金水桥畔观星，放河灯游乐。无数的彩灯组成了酷似彩虹的鹊桥，让牛郎、织女在此夜晚相会。

而历史书上还明确记录着明永乐十一年（1413）五月端午节，朱棣到这一带观击球射柳，插蒲剑艾草的史实。

从古老的牛郎、织女故事，到永乐皇上修"牛郎桥""织女桥"的轶事，这些当然只能限于"传说"的范畴。我仍旧很"珍惜"地把它们记录下来，是因为它们上面寄寓了人们美好的情怀。农历七月七日，过"七夕节"，是牛郎、织女相会的日子，是有情人终成眷属的日子。人说若这天晚上在院中的葡萄架下静听，可听到牛郎、织女久别重逢的悄悄话。

"乞巧节""少女节"的说法，鼓励女孩儿这一天多学技巧，增加才艺。这都是很不错的民俗活动。

故宫房间知多少

《现代汉语词典》（第7版）上这么解释"故宫"：旧王朝的宫殿，特指北京的明清故宫。但是，中华大地上并不只有北京的故宫，还有三个故宫存在：

其一，南京故宫，也称为明故宫。它的面积很大，比北京的故宫大很多，曾被称为"世界第一宫殿"。

其二，沈阳故宫，是清入关前的宫殿，称为"盛京皇宫""陪都宫殿"。

其三，台北"故宫博物院"，是20世纪60年代于台北市士林区按照传统的宫殿格局仿造的，可以认为它是对北京故宫的一种追念。

我们现在说说北京的故宫。

北京故宫是明清两代的皇宫，曾有二十四位皇帝在这里居住过。明朝第三任皇帝朱棣把帝都迁到了北京，他是第一个入住故宫的皇帝。最后一位以皇帝身份居故宫的是溥仪，他从三岁到六岁，只当了

从景山向南眺望紫禁城全貌旧影（1945）

明代织绣《宫城图》局部

三年皇帝。传说溥仪登基那天是大年初一，漫天大雪从天而降，摄政王载沣抱着哭闹不止的溥仪参加登基典礼。载沣一个劲儿地哄小皇上溥仪："别哭了，别哭了，一会儿就完了。"这话还真让载沣给说中了！溥仪皇帝宝座只坐了三年，清政府被推翻了，果真是"一会儿就完了"。

故宫原名叫"紫禁城"。

称为紫禁城是与天上的星星有关，中国古代天文学家把天上的恒星分成三垣、二十八宿和其他星座。

三垣指的是：太微垣、紫微垣、天市垣。居中的紫微垣位置永恒不变，非常突出，它在两侧太微垣和天市垣的陪伴下显得更加耀眼夺目。人们心中的紫微垣那里就是传说中主宰整个世界、法力无边的玉皇大帝的天宫。天宫被称为"紫宫"，玉皇大帝被我们俗称为"天皇""天公""老天爷"。

中国古代的皇帝都自命为天帝之子，也就是玉皇大帝的儿子。那么，儿子在人间的住所即皇宫，就也叫"紫宫"。皇宫戒备森严，有严格的宫禁，是百姓不能接近的禁城，"紫宫""禁城"合起来是"紫禁城"。

另外，中国民间历来对"紫气"情有独钟，称紫气为祥瑞之气，还有"紫气东来"的典故。

传说我国古代伟大的哲学家、思想家、道家学派的创始人老子，在他七十多岁的时候，天下不安宁，诸侯之间争权夺利的事时有发生。于是，老子就辞掉官职，准备回家安度晚年。一天，老子骑着青牛离开洛阳，一路向西走去。

　　而就在这一天，被人称为"气象专家"的函谷关的"关长"尹喜一早就十分惊喜，感到天象异常。他望着从东方飘来的一股浓浓的紫气，自言自语道："定是有位圣人将至呀！"尹喜整好衣装，欣喜地去迎接引来吉祥紫气的圣人。

　　果然一位长须如雪、道骨仙风的老翁骑着牛悠悠而来。尹喜赶忙迎承上去：此翁竟是千万人恭敬的老子！

　　紫气东来，喜从天降！岂能让老子这么离开函谷关？尹喜恳请老子写篇文章再走，老子便留下来，写了一篇五千字左右专讲"道"和"德"的文章，名为《老子》，就是我们现在读到的《道德经》。老子写完文章后，骑着青牛继续向西走，后来便不知去向……后人把老子视为至高无上的天神，称他为"太上老君"。人们把祥瑞之气称为紫云，把神仙饮用的泉水称为紫泉，把通往帝京郊区的小路称为紫陌……这种种说法，强调的就是"紫"所包含的高在中天、吉祥无限的意思。"紫"再加上"禁"，加强其中不许凡人接近的意味，更突

从北海永安寺白塔眺望东南方向的紫禁城全貌

出了其高高在上的地位。

北京的紫禁城于明永乐十八年（1420）建成，至今已有六百多年的历史。这座金碧辉煌的宫殿群，是世界上规模最宏大、历史最悠久、保存最完整的宫殿。

明成祖朱棣对准备修建的皇宫提出了极高的要求：皇宫必须超级富丽堂皇，能盖多少间就盖多少间，房间能有多高就多高，能有多大就多大，要像玉皇大帝的天庭那样：琉璃造就，宝玉妆成，还要有神人、神仙护卫……必须显示皇家独一无二的威严。

传说大军师刘伯温是皇宫的总设计师。朱棣皇上还隔三差五地与刘伯温沟通设计方案。

一天夜里，朱棣做了一个奇怪的梦。早上醒来，迫不及待地差人去召刘伯温来给自己解梦。派出的人刚走到大门口，正撞上风风火火跑来的刘伯温。还没容皇上开口讲述自己夜里的梦，刘伯温就抢先说了起来："启奏万岁爷，微臣昨夜梦中去了玉皇大帝的凌霄宝殿，

正想仔细勘察宝殿的建筑，仿照它来给圣上您造宫殿。玉皇大帝看穿了我的心思，他对我说：'我早已知道你朝皇帝要造凡间皇宫。天宫的宝殿房间共是一万间，凡间的数目不可以超过我的天宫！你朝皇帝要想江山永固，风调雨顺，国泰民安，必须请三十六金刚、七十二地煞保护这凡间皇城；否则皇位不保，山河破碎！'玉皇大帝喷出一团白雾把我送回人间……我今儿是想请您给我解梦来了。"朱棣听了刘伯温的叙述，异常震惊，原来他自己的梦竟和刘伯温的梦一模一样！

朱棣和刘伯温反复切磋修建皇宫的方案，决定必须保证宫殿气势威严、规模雄伟、装修华丽、色彩神秘，房间数多多益善，但不可超过天宫的一万间；保护皇宫的金刚、地煞是绝不能缺少的！

刘伯温按玉皇大帝和朱棣的旨意设计了皇宫。

皇宫落成，朱棣皇上亲临验收。紫禁城处在北京城的最佳位置——中轴线上，三大殿是整个宫殿群的重点，也是紫禁城内的建筑核心，示为居天下之中心，且正与天空中央玉皇大帝的紫微宫相对应。

房间真多呀，但是数量一定在一万间以内，我们就算是九千九百九十九间半吧！再看宫院里金光闪闪，好像真有神仙守卫。但玉皇大帝所说的"三十六金刚""七十二地煞"却不知在哪里呢。

哈！懂行的人会告诉你：宫殿门口摆着的三十六口包金大缸就是"三十六金刚"呀，而那"七十二地煞"就是宫院内的七十二条地沟！

再回过头来真的问一问紫禁城实际上的房间数呢——八千七百零七间。这真不是骗哄人的。

故宫角楼和鲁班爷

故宫原称紫禁城，建成于明永乐十八年（1420），至今已有六百多年的历史，是我国遗存的古代宫城建筑的标本。紫禁城呈长方形，周围环绕着十多米高的城墙和五十多米宽的护城河。宫城的四个角上各有一座玲珑多姿、斗拱飞檐的角楼。每座角楼呈十字形屋脊，重檐三层，飞檐交错，是有着九梁十八柱七十二条脊的奇特建筑。这是集精巧的斗拱结构和精湛的装饰艺术于一身的独一无二的建筑，有着穿越时空的惊世之美！

角楼是大家游览故宫必看的景观，大家也都想近观数一数它的九梁十八柱七十二条脊……这么奇特多姿的角楼是哪个高超的设计师想出来的呢？

我们讲一讲关于它的传说故事：

明朝的燕王朱棣在南京做了永乐皇帝之后，就想迁都到北京。

因为北京地形好、风水好，而且北京还是他做王爷时的老地方。于是他把皇宫的地址就定在了北京。

一天夜里，朱棣做了一个美梦，梦见在漂亮的宫城四个角各耸立着一座黄色琉璃瓦、鎏金宝顶、造型独特、脱凡逸俗的角楼……睡梦中数了一下，竟是九梁十八柱七十二条脊！

朱棣醒来后，定要美梦成真！于是，他找来工部大臣，并下旨给他，要建的角楼举世无双，而且要九梁十八柱七十二条脊，还必须三个月内建完，否则格杀勿论！

故宫角楼

故宫角楼的建筑结构解析图

　　这位大臣不敢迟疑，当天就到了北京，立马召集了上百家的木工作坊的工头、木匠一起商议。他还指着周围卫兵的长刀宣布："三个月内没盖出这九梁十八柱七十二条脊的角楼，从我这儿，到在场的头领、匠人统统杀头！"

　　这可不是一件简单的活儿呀，工头、木匠个个都战战兢兢，赶紧想办法吧！大家分头查了成百上千的书籍，考察了百十来个角楼，画出了无数张图纸，但怎么也凑不出九梁十八柱七十二条脊的样来……转眼间一个月过去了，仍没有理出半点头绪。

　　正赶上酷夏时节，天热得让人喘不上气来，再加上心烦意躁，将要被杀头的威胁像头顶着一块巨石压得大家几近崩溃。工头、工匠

故宫西北角楼是京城摄影爱好者的"打卡"胜地

个个唉声叹气，茶不思饭不想，白天黑夜傻愣愣地苦思冥想……一个木匠师傅实在待不住了，就一个人上了大街，沿着紫禁城后边正在堆着的土山转悠起来。

这位木匠走着走着，听见老远传来一片蝈蝈的叫声，接着又听见一声声吆喝："买蝈蝈，听叫去；睡不着，解闷儿去！""买蝈蝈……"走近一看，是一个老头儿挑着大大小小许多秫秸编的蝈蝈笼子，在沿街叫卖。这个木匠听着叫声，看着一个个蝈蝈笼子，忽然发现一个蝈蝈笼子做工非常精细，就跟画里的楼阁似的，里头的几只蝈蝈也叫得最欢……也就是快被砍头的人，得玩几天就玩几天吧，他狠了下心，掏出口袋里最后剩下的一点碎银买下了这个好看的蝈蝈笼子。

这位木匠提着蝈蝈笼子，回到了工地，拐进了工棚里。大伙儿本来就心烦，听见这蝈蝈的叫声就更烦了。这位木匠说："唉！怎么着也是一天，今儿让你们解解闷儿，看看这笼子，听听这叫声，也算歇会儿吧！"大伙听了劝，都围过来看这别致的蝈蝈笼子，听一声接一声的蝈蝈的叫声……而买蝈蝈笼子的这位木匠盯着蝈蝈笼子看着，不由得出了神，越看越有文章，禁不住数了数它的梁啊，柱啊，脊呀……数了一遍又一遍，他高兴地跳了起来！"你们快看！这笼子正是

鲁班像

九梁十八柱七十二条脊呀！"大伙儿一听，也都举着笼子数啊数，没错！正是九梁十八柱七十二条脊！

真是天无绝人之路呀！踏破铁鞋无觅处，得来全不费功夫！大家伙儿忙照着蝈蝈笼子的样子，做出了皇宫角楼的样型，如期修建成了皇上梦中的九梁十八柱七十二条脊的角楼。

后来，百姓都传说那个卖蝈蝈笼子的老人正是鲁班爷呀！他是看大家一筹莫展，特意下凡来给大家帮忙的。

刘罗锅反穿朝服告御状

　　刘墉作为一个家喻户晓的清朝中期官员，在大家心中的形象是清廉且智慧的，他与权臣和珅的形象形成了鲜明的对比。刘墉与和珅之间各种各样斗智斗勇的传说故事，也一直在民间广为流传。

　　事情还要从乾隆皇帝说起，这位爷是刘墉与和珅的主子，更是位走南闯北，喜欢到处微服私访的主儿。话说那一天的傍晚，乾隆皇帝在紫禁城内散步，晃悠到了皇宫正大门"午门"的门外。抬头一望，只见午门向南至正阳门那段御道，由于年久失修，不少地方已磨损得坑坑洼洼。那些大块的条石，有的凹下去一块还积了水，有的索性断了碴掉了角，总之是高低起伏不平坦了。乾隆心想："这哪儿行啊，这不是有失皇家体面嘛！虽说这条道只有我一个人能走，但是两边的大臣上朝和外国使臣进贡都会看着啊，难道要朕深一脚浅一脚地走吗？这条路非整修一下不可。"于是他便下令找来宠臣和珅，要他赶紧做出预算，抓紧领人修整御道，限两月之内竣工。

和珅深得皇上信任，但贪婪成性，是个雁过拔毛的角色。他奉旨之后非常高兴，接到任务可就动起了心眼，觉得又得到个发财的良机。三天后的早朝，和珅向乾隆汇报了修缮御道的准备情况，他有理有据还上了一本奏章，汇报说："这段御道确实有碍观瞻，要下决心整修好，石头全部更换。奴才打算从房山县（今北京市房山区）那里开凿新的石头运到京城来，还把旧石头都运出去扔掉。全部的石料和人工成本真的很贵啊皇上，我一切从紧从速，至少要花费十万两白银。"

刘墉

毕竟这是个脸面工程啊，乾隆皇帝二话没说，立即准奏，马上拨付了银两，动工开干。之后的几天内，御道旁火速搭起了连绵不断的工棚，还在御道两旁用竹竿草垛严密捆扎，苫遮起来谁也看不到内情。数百匠人叮叮当当地日夜赶工，凿石头的声音远远传进皇宫大内，皇帝听着很开心。结果，不足一个月，和珅就来御前表功了："在奴才的日夜监督下，这御道提前竣工了！"

权臣和珅的书法墨迹

乾隆皇帝在和珅陪同下一看，果然见条石焕然一新，御道平坦整洁，不由龙心大悦，连声赞好。次日早朝时，乾隆皇帝当众宣旨："和爱卿这次主修御道，夜以继日，既快又好，提前一个月完工，劳苦功高。朕赏你白银一万两，再升官一等。众位臣工啊，若是大家都能像和大人一样，肯干能干，我大清必然兴旺无比！"和珅满心欢喜，得意扬扬，真是又做了件名利双收的好事。

俗话说：好事不出门，丑事传千里。过了没几天，和珅和大人新近又贪污了一大笔银子的消息在百姓中传开了。先是在一些石匠中悄悄议论，后来街头巷尾的茶馆酒肆中也传说开了。一来二去，此事的底细便被大臣刘墉无意中发现了：原来那和珅啊实在狡猾，他压根儿就没有去房山采办石料，而只是命令亲信监工，将原来的御道石块撬起来翻个身，令石匠在反面削凿打磨雕刻平整，壮工再把下面的路基夯实找平，把石条有毛病的一面埋在下面，刚打磨过的当正面，所以一铺上便跟新的一样。因此，工期缩短，成本又省，看上去崭新崭新，却总共只花了一万两银子……

刘墉决心将事情真相揭露出来，让和珅当众出丑。

第二天上早朝时，刘墉静悄悄跟在众臣队伍的后面，凡人不理。待大家都整整衣冠朝服，走进太和殿后，他趁着太监喊着"万岁爷驾到"而众人都正在低头下跪的工夫，飞快地将身上的朝服脱下，反过来套上，然后跪在大殿的金砖上规规矩矩行了叩拜大礼。

午门旧影

　　乾隆皇帝端坐在龙椅上，本身就居高临下，看金銮殿内的一举一动都很清楚。他定定神，只见群臣中间跪着个衣着服饰与众不同的人，特别扎眼。皇上探探头再细一看，却是协办大学士刘墉。乾隆皇帝心想：刘墉向来十分注重仪表，办事小心谨慎，今天怎么昏头昏脑地将朝服穿反了，是不是这家伙又要闹幺蛾子？

　　这一细节很快被向来看着皇上眼色行事的和珅发现了。因当时有明文规定，面君奏对时候的礼仪丝毫不能懈怠马虎：上朝时如果朝服不正，是"御前失仪"，属于重罪，是要判罚的。和珅心想：刘

中华门旧影

午门前的广场和大道是经常举行国家盛典的场所

平定回部獻俘

圖首霍占

棄月竁傾

心素坦款

天閤理官

淛問寧須

試驃騎窮

午门

罗锅呀刘罗锅，这下可有好果子给你吃了。于是他幸灾乐祸，阴阳怪气地开口，挑明了这一件群臣还尚未看清楚的事儿："刘大人啊，您今天怎么把朝服穿反啦？您是糊涂了，还是傻了？这样穿衣服，可是要被棒打出殿，然后再治罪的呀。"和珅这么一咋呼，群臣听见了都为刘墉捏了一把汗。奇怪的是，那刘墉却低着头置若罔闻，就像没事人儿一样压根没抬头。

要是换个别的臣子，乾隆皇帝早就发火降罪了，但念及刘墉满门都是重臣，而且一向忠心耿耿，便改用责备的语气指点："刘爱卿，你怎么将朝服穿反了？快出去换好了再来见朕。"刘墉这才恍然大悟

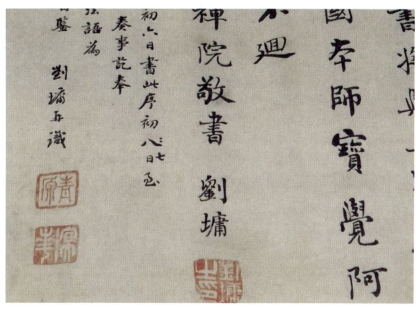

刘墉的书法墨迹

似的出了大殿门，戴正了顶戴穿好了衣服，又进殿直接就跪地上奏道："启奏皇上，微臣今日将朝服反穿了，确实不该，请皇上恕罪。不过，朝服穿反了显而易见，可如今有人将御道石条仅仅翻了个面，再略加修饰，就侵吞公款，大肆渔利……虽就发生在大家的眼皮子底下，恐怕也不易察觉了吧？"

刘墉话音一落，刚才还趾高气扬的和珅，顿时心里咯噔一下，脸色大变，腿肚子都直转筋，他暗地里擦了一把冷汗，"要坏事啊！"

"什么？你说刚修好的御道，仅仅就是翻个面儿铺的？"乾隆皇帝也不是傻蛋，他听罢连忙追问，"刘爱卿，你所说的到底是怎么一回事，快细细奏来！"

刘墉瞥了前边几排一直冲他摆手的和珅，继续奏道："万岁，此事是微臣偶然听说，并已去现场查勘验证了。但是整个儿前前后后，还是请皇上先问问最能干的和大人为妙。"

和珅见拦不住刘罗锅的话语而导致东窗事发，再也无法隐瞒，便咕咚跪倒在地，换了一个战战兢兢的语调说："奴才该死。奴才确实没有去房山采石，只是将原有的石块翻转过来雕刻了一下，重新铺上。奴才这不是要……"

乾隆皇帝随手抓起一块御案上的石砚台，砸向了和珅，骂道："和珅这狗奴才，你好大的胆子！你总共花了多少银子给朕办的事儿？"

和珅也不敢躲开石砚台啊，被砸了个正着，忍着痛龇牙咧嘴嘟囔着回答道："一万两。"

"那其余的九万两呢？"

"这——"和珅拼命地叩头，哪儿敢讲实话啊……这损公肥私得到九万两和后面的赏银一万两，早落入了自己的腰包了。

直到这时，满殿君臣才知道刘墉反穿朝服的用意。

乾隆皇帝虽然怒气满胸，可是和珅就像一条老狗样与自己情投意合，还装疯卖傻善于溜须拍马，而且有很多阴险和下毒手之类的脏活儿，办事又离不开他，更何况和珅长得也仪表堂堂，杀了实在有些舍不得。乾隆只得声严色厉，又不忍心依律处罚："大胆奴才和珅，竟敢欺君！朕命你速将贪污和赏赐给你的银两，追罚两倍退回国库，并降你的官职一级，这两年也没俸禄薪水了。这御道，按全新石头的原来方案，再行建造，所需银两也一并由你出资。下次胆敢再犯，我定会严惩不贷！"

和珅跪地认罚，连连磕头谢罪。那个有名的大烟袋，一直与和珅也做对头的大臣纪晓岚，此刻在一旁插话上奏："皇上啊，刘大人举报有功，理该有赏。"

乾隆皇帝朝刘墉点头笑道："好，朕不是昏君，我就喜欢忠臣啊。赏刘爱卿朝服三件。但是下次，刘罗锅你可千万别将它再穿反了。"

故宫藏宝屋的三张画

传说朱棣在北京登基做了皇帝以后，军师刘伯温曾拉着他悄悄到皇宫里某地界，对他有非常郑重的私下叮嘱。

"皇上啊，有这么两件事您要牢记在心。第一件，我在紫禁城里修建了一座宝库，里面藏有重宝。您一定叮嘱告诫后代子孙，无论何年何月都不准打开它。那宝贝珍贵无比，贸然动了就会触发天机，发生无可挽救的大事。第二件呢，就是咱们紫禁城身后的煤山，是北京城中轴线上重要的镇物。所以我在煤山东、西、南三面都开设有大门，唯有北面没有留门的位置，守住气运。在山北面我盖了一座大殿，殿内留有一员大将和两匹日行千里的骏马，还有五百多名精兵。我已经专门布置了钱粮，要这些兵马忠于皇家，每天操练，历代相传，永不敢懈怠大意。这两个事儿要请万岁下一道密旨，天机不可外泄，务必保证施行。"皇上准奏下了圣旨，于是这秘密世代相传，都

崇祯皇帝朝服像

传说的画像透着诡异

是老皇帝告诉小皇帝，口出耳进，一直传了两百多年，就只有当朝的皇帝本人才知晓。

到了明朝末期崇祯这一代，连年天灾，兵荒马乱，粮库里都空得饿死老鼠，银库里打扫得干干净净却无半个银钱……皇家没钱可用，兵马无粮可食，眼看各地造反的起义军纵横征战，这大明的日子真可谓有上顿没下顿了。崇祯皇帝就在金殿上，当着群臣的面儿，说出了那个流传两百多年的皇家秘密，想打开紫禁城中的宝库，动用"重宝"来救救急。

大臣们哪儿敢乱议论评说皇家的事儿啊，纷纷出来劝阻："这是咱老祖宗留下的规矩，我们左思右想，皇上您就别冒失动用了吧！大家咬咬牙，还能挺挺……"崇祯见众臣都极力反对，心里不情愿啊，于是遮遮掩掩地自言自语说："朕并不想故意要冒犯祖宗，我也是堂堂正正的大明天子。这不是，前几天有那么好多次都听到宝库里像是有小孩嘤嘤的哭声嘛，所以朕要带着大家，今天一定要看个究竟。若是真有什么宝贝，不也是能拿出来救急不是嘛！"众臣无可奈何，随着御驾一起打开宝库，四下一张望，除了宝库大厅的正中央放着一只古旧的木匣子，其他想象中的金银珠宝都没有。打开木匣一看，里面有用大黄绸缎包裹好的三张画。

第一张，有些阴阳怪气，画的是一个红胡子蓝脸的魔鬼，一只手托着太阳，一只手托着月亮，两脚叉开好像马上就要起身出走的样子。

第二张，有些像仕女画，画的大背景是一条长河，上写"通天河"三字，河面宽阔、无边无际，根本看不到对岸，水面波涛滚滚，浊浪滔天，河边跪着一个娇弱的姑娘，手里拿着两根银针一条线，旁边还有白绫子，面庞哀婉，两眼直落泪。

第三张，有些像市井风俗画，画的是一座城门中有匹高头大马正在出城，城门两侧的城墙上，各有九个小孩头朝下在爬城打闹，城楼上长着一棵歪七扭八很多枝条的李子树，整棵树上只结了一个果，树身还长着一只眼睛。

崇祯皇帝看着这三张画，左看右看不解其意。满朝文武大臣也莫名其妙，交头接耳议论纷纷。众大臣中只有金圣叹看着画儿，抚着下颚的胡子缓缓点点头。崇祯问："爱卿啊，都说你最聪明，可能破解开这画中的谜题否？"金圣叹没有跪下，只是拱拱手回答说："请陛下先要赦我无罪，我才敢说啊。"崇祯紧走几步站到他身边，共同面对着画作，口中说道："朕赦你无罪。快说快说！"

金圣叹将这三幅画挂在宝库的墙上，踱了几步，再次拱拱手给皇帝先打个预防针，然后才皱着眉说出口："第一张画上的魔鬼手脚叉开，是个'大'字。左右双手托'日''月'就是个'明'字。再加上形似走出，其意可解了。'大明'正在被恶魔夺取了天地精华，而且坐不住江山了。"崇祯不由得倒吸了一口凉气。

"这第二张画的是条大河，通天巨浪波涛汹涌，那可谓绝路啊。这弱女子手中的针意在取'重（崇）针（祯）'二字之音，又有丝线白绫团绕，可真是四外有锋芒，处处有阻隔，路没的走了。"崇祯身子一抖，额上渗出了冷汗。

"第三张，城门之中一匹马，乃是个'闯'字。城墙左右有十八个小孩，'十八子'乃是个'李'字。李子树上还偏偏生出一只天眼，堪称妖祟变身的树中之王，不正是'李闯王'之意吗？陛下，看来我大明江山要被此人祸害啊……"

这一番解释，吓得崇祯皇帝和群臣都目瞪口呆，久久无人敢说话。

再说说煤山北面大殿驻扎的五百多名精兵，不管明朝哪个皇帝在位，也不知更换了多少代人马，他们只是天天练，月月练，年年练，练得是兵强马壮，每次演武厮杀都是禁卫军中的魁首。但是屯兵在此寓意是啥，又能派上什么用场，谁也猜不透，只因是祖宗留下来的规矩，所以没人违抗。

看了画以后，被吓得惊魂不定的崇祯皇帝，又终于气息稍定，在某一天想起来和祖训一起留下来的第二件事。他对大臣们说："大

景山及五亭

传说崇祯皇帝上吊的"歪脖树"，就在景山东麓

明两百多年来，煤山那批兵马的操练不知耗费了多少钱粮，既无用武之地，留着他们苦守在那里也无所谓了，不如把他们当作一支精兵派往战场参与厮杀去，打打杀杀更有利练兵啊。"这队人数不多的兵马投入战场，在几场万人鏖战之后，不久也就整队阵亡了。

后来，起义的李自成攻入北京，崇祯皇帝朱由检在金殿上，再也等不来救驾的大臣和兵马。眼见大势已去，遂命令送走太子，又命皇后周氏及袁贵妃自缢，砍死数名嫔妃，砍断长平公主左臂，劈死昭仁公主，而后走投无路来到煤山东麓的一棵老槐树前。这时，他才醒悟过来："要是祖上留下的精兵在此，寡人不就能突围出去重整兵马了吗？！"崇祯念叨着说了最后的几句话，把遗言写在自己蓝色的袍服上："朕死，无面目见先帝于地下。"他用了白绫子，上吊死在树下。随后赶来的太监王承恩也随他一起吊死。

就是在这一天，闯王李自成在将士的簇拥下，成了紫禁城的主人，也就验证了三张画的准确预言。

道光皇帝吃"片儿汤"

清朝在经历了康乾盛世的辉煌之后，由盛而衰。各种天灾人祸和民间风起云涌的起义，以及越发败坏的腐朽吏治，都极大消耗了清王朝国家机器的统治力。

嘉庆、道光两位皇帝，目睹时艰，在即位后都格外注意整饬吏治，提倡节俭。其中，道光皇帝尤其在衣食住行等方面，注意撙节从俭，历史上也因此有"列朝惟宣庙最崇俭德"的评价。他原则上是对自己很"抠门"，对别人还算是宽厚的。该用银钱时，慷慨解囊；不当用，则锱铢必较，以防虚耗。

道光帝他自己节约点没什么，可关键是"坑了"内务府的大小官员。皇宫日常开支费用，本来是他们的一大财源，内务府官员们每年各种手段明偷暗扣，个个捞得是盆满钵满。如今最大"金主"道光强调节俭，内务府就从肥差变成了清水衙门，官吏们常常感叹生不如死。

清代皇帝逢年过节会赐给臣子"红包"，体现对臣子的宽厚

片儿汤，就是面片儿汤，是北方的大众食品，再普通不过了。某一天，道光皇帝突然想喝一碗面片儿汤，就吩咐御膳房做一碗送上，他也是"馋"这口儿了。谁知内务府一见发财的机会来了，第二天就迅速上了奏折，一本正经地说，面片儿汤是老百姓的食物，目前宫内御厨没人能做好。特申请设立专门御膳房一所，专管做面片儿汤。还得设立专官专人管理，开设费用、设施购置、原料采购，一年共需白银六千余两，人员薪水又需要一万多两……请皇帝批准马上实行，银钱一到，片儿汤就好。

道光做皇子的时候常微服私访，逛过大街也吃过小吃。他此刻又好气又好笑，传话说："用不着那么麻烦，前门外大街一家小馆子，就专做面片儿汤，味道还不错。四十文铜钱即可买一大碗，我早前出

清代时期的北京市井，百物杂陈，商业繁华

宫时吃过。你们派个人买一碗就行了。"

内务府接到谕旨，气得牙疼。这皇上为了省钱，居然要点"外卖"啊，实在可恶。他们派个人去前门外大街随便逛了一圈回来，给道光汇报说："回皇上话，派人去找了半天，实在找不到您说的那家小馆子。大概已经关门多年了吧。"道光皇帝无可奈何，看着内务府官员肥硕的肚腩，眨巴眨巴的期待眼神，说道："朕绝不会因为个人口腹之欲，而多费一文钱。你们下去吧。这事儿不再提了！"

由于内务府大小官吏层层贪腐，就连鸡蛋进到紫禁城，身价也都变成五两银子一个。这价格高贵得，让道光皇帝都得节约着点儿吃。道光对此早有疑心，一直想找机会摸摸底。一天，他和一位姓曹的军机大臣在紫禁城里闲谈，试探问道："爱卿啊，你平常上街买过菜吗？"曹大臣回答说："我为体察民情，经常自己买东西。"道光马上切入正题："你买的鸡蛋多少钱一个？"

曹大臣是个伶俐人，一听皇帝问得蹊跷，眼珠一转心中有了底。这皇上是在找内务府的毛病啊，自己可不能做得罪人的事儿，回话也要有技巧才行，就回话道："哎呀，别提了。臣小时候得过一场大病，医生说一辈子不能吃鸡蛋。所以就从未买过，见到了都不敢问。真是没口福……"

道光皇帝一听，无可奈何，揭开内务府老底儿的行动不了了之。他身为皇帝，贵为天子，却不能控制为其服务的内务府。内务府的"奴才"们联手，办事推诿扯皮，行政效率低下，甚至敢营私舞弊，蒙骗皇帝。清代末年管理政治的积弊深重，由此可见一斑。

故宫内的鸦鹊为什么多？

我们在不少故宫的照片中，经常会看到故宫的屋檐上有大量的乌鸦在此停歇，甚至在紫禁城上空也会有大量的乌鸦和喜鹊等混杂在一起，低空盘旋……为什么故宫里会有那么多的乌鸦和喜鹊、麻雀等飞禽呢？这话还要从建立清朝的满族人的信仰谈起。

明崇祯八年（1635），皇太极将居住在中国东北地区的各个部落纳入八旗之下，满族雏形自此形成。1911年辛亥革命爆发后，满洲族改称为"满族"。满族的原始信仰主要是萨满教，也都各有图腾信物。传说当年北边边外的旗人，图腾是鹰；东南边长白山脚下的，信奉柳和狼；西南边松辽平原上的旗人，信奉雀鸟；大西边的旗人，信奉勇士巴图鲁。各处都不一样。

细品品，细唠唠，这信奉也不是无缘无根，还都有根儿有梢儿。比如说大北边的旗人信奉鹰、海东青等等，为啥？这部分旗人多是金

故宫内的祭天神杆

在神杆上放置食物等待禽鸟飞来啄食

人后代，女真人。他们自古就信奉鹰，勇气浩浩干云天，崇尚英雄和牺牲，推崇用拳头说话，相信绝对实力。性格也是如此，血性。

　　东南边的满洲人是老满洲人，他们的族群敬奉柳和狼。柳有两样，一个是柳树的意思，另外一个就是指代蛇和蟒的"柳"，而狼自然就是呼啸山林的狼。他们信奉的根源，是智慧和源远流长，并不讲究力量绝对化。

再说最多人信仰的雀鸟。在辽东老堡子里，信奉"雀鸟"或者更准确说为"鹊鸟"的习俗今天都也还在。敬鹊鸟这个信仰，包括乌鸦和喜鹊，还真的需要细细地说说。

乌鸦，本是清朝皇家的吉祥鸟，为爱新觉罗氏所钟爱。当然这自有缘由。

传说很久以前，有三位仙女从天而降，在东北长白山下一个美丽的湖泊内沐浴。仙女们在湖中嬉戏追逐，激起层层浪花。这时，一只黑色的乌鸦将所衔的一颗红果，放在了小仙女佛库伦的衣服上，就飞走了。红果的颜色鲜艳异常，佛库伦爱不释手，于是把它含在口中。刚要穿衣服时，不料红果被吞入咽喉，滚入腹中，佛库伦随即感觉自己已经怀孕了，因而未能同两位姐姐飞升上天。不久她就生了一个儿子。这个孩子生而能言，举止奇特，相貌异常，他就是清朝皇帝最早的祖先——爱新觉罗·布库里雍顺。历数世后，布库里雍顺的子孙过于暴虐，部属反叛，要杀尽他的子孙。其中有一个年幼的男孩，名叫樊察，脱身逃到旷野，而身后马蹄声声、尘土飞扬，追兵已至，眼看男孩束手就擒，他一时间直愣愣地立在原地，恰此刻，有一只乌鸦落在了这个幼儿的头上……追兵至，只见乌鸦在一立物上仡然不动，疑幼儿为木桩，于是拨马而回。这个幼儿从而得救，他的后代子孙从此发迹。

当他的子孙传到努尔哈赤时，乌鸦又一次拯救了他的家族。那时明朝怂恿的多路兵马集结，分三路攻打努尔哈赤，情况十分危急。当时还只是部落头领的努尔哈赤得到这一情报后，马上派遣大将兀里堪往东探视敌国兵马是否到来。当兀里堪行约一百里，到达一座山顶时，突然一群乌鸦在他的面前叫声不绝。兀里堪回马避开，再往前行，这群乌鸦又扑面而来，阻挡住他的去路。兀里堪于是拨转马头回到营地，向头领述说了这件事。努尔哈赤说："神鸦应该是提示我们，要换个方向再去探视。"兀里堪即率兵，走其他方向道路再侦察，当他们夜晚到达浑河岸边，只见北岸秘密偷袭而来的敌兵营火如繁星稠密。兀里堪马上飞奔回报："敌国大兵已经到了！"努尔哈赤说："有人传言说敌国就是这几天要派兵来攻，今日果然应验。"乌鸦成了这次清太祖努尔哈赤战胜敌人的保护神。

相传努尔哈赤在建国称帝后，乌鸦又有一次在生死攸关的时刻救了他。有一次兵败而被明军追杀，努尔哈赤无奈情急下被迫躺在了一条沟渠里。就在明军马队搜寻到临近地方，堪称千钧一发之际，一群黑漆漆的乌鸦飞来，突然"噗噜噜"一只只落地，直接站在了一动也不敢动的努尔哈赤身上，为他遮掩住了明军的视线，使明军误认为这是一具正在被乌鸦啄食的腐尸，从而留住了性命……此事之后，乌鸦更与清朝结下了良缘。

清统一中国后，在紫禁城的坤宁宫祭祖的神像上就有乌鸦的形象。帝后们都要对它顶礼膜拜，把乌鸦视为保佑大清江山的神鸟。

久而久之，满族人为了报答乌鸦的恩情，在紫禁城里也设置了皇家御用的"索伦杆"，就是俗称的"神杆"，专门用来给乌鸦和附近的鹊雀等鸟类投食。在两丈多高的杆子顶部，有一个锡斗小凹槽，在锡斗里要放上碎米和切碎的猪下水或者精肉条等，供给乌鸦和喜鹊食用。久而久之，故宫有索伦杆的地方就成了乌鸦的聚集"会餐"地。

"是时乌鸦群集，翔者，栖者，啄食者，梳羽者，振翼肃肃，飞鸣哑哑，数千百万，宫殿之屋顶楼头，几为之满……"当时有大

清人绘制的祭天图像

臣这样记载。

　　久而久之，乌鸦等飞鸟知道在此地可以吃到现成的食物，自然会成群结队地飞往紫禁城，在这儿定居。况且紫禁城的空房很多，住客寥寥，也是乌鸦生存居住的最好环境。尤其在晚上，游人大都离去，紫禁城内更是一片寂静，"鸟乐空旷"，这里便成了周边鸦鹊的栖居之地。"每晨出城求食，薄暮始返，结阵如云，不下千万"的奇特景观在此出现也是常见了。

"断虹桥"的石狮

在故宫熙和门外迤北武英殿东有一座长十八米的单孔拱桥，此桥横跨在金水河之上，宛如截取了天空中的一段美丽的彩虹，人称"彩虹桥"。又因为跨度比较小，宫殿环绕，北临树林，人们又称它为"断虹桥"。

据说这桥是元代皇宫中轴线上的周桥其中三座并列桥中的一座。明代是在元代皇宫的旧址上重建的皇宫，修建时保留下了一些故物，并对周桥进行了修整：拆除了左右两桥，保留下了这座造型独特的单孔桥。

我们先说说这座桥北引人注目的一片国槐树林。这些国槐一共十八棵，据说树龄已有六七百年，其中最粗那棵树的"胸围"接近五米，要三个人才能合抱，树高则在二十米开外。当年，帝后、王公大臣进出西华门都要从此经过。慈禧太后从颐和园回宫时，进西华门，过武英殿，往东折北，走过断虹桥，走过国槐林，回她的寿康宫。民国年间出版的《旧都文物略》中说："桥北地广数亩，有古槐排列成荫，颇饶幽致。"这就是说的断虹桥北的名景——紫禁十八槐。

现在回过来再说断虹桥。

这座断虹桥是故宫现存二十一座桥中最古老的。桥为南北走向，两端的桥头各立有一对飘逸灵动的镇水兽；桥面是用汉白玉铺砌，桥面两侧共有二十根望柱，每一侧十根。每根望柱上都雕刻有一圈连珠莲花须弥座，柱上边立有一只造型生动的大石狮子，有些

雪中断虹桥石狮

断虹桥

大石狮子的身上还雕刻着活泼可爱的小狮子，这样大大小小总共有三十四只狮子。

柱子头上的二十只大石狮子中的十九只有蹲有坐，形态各异，一律四爪着地威风凛凛。只有从南边数东侧的第四只与众不同，最为奇特：它只有两爪着地，另外两只爪子，一只捂着脑袋，一只捂着小腹，人称"左爪捂鸟，右爪捂脑""搔首捂鸟"石狮。它嘴巴微张，萌态十足，一副"憋屈"的样子。

断虹桥上著名的"捂鸟"石狮子

在这石狮的身上有这么个故事讲给你听：

故事从道光皇帝说起。道光皇帝是清朝嘉庆皇帝的次子，是乾隆皇帝的孙子，他在位共三十年。

奕纬是道光皇帝的长子。据说这个长子是当年道光还是皇子的时候，偶然与一个端茶送水的使女所生。因此，道光视奕纬为耻辱，有损于他循规蹈矩的形象，奕纬不受道光的重视。不过他是道光的长子，是嘉庆皇帝的长孙。奕纬十二岁时，嘉庆皇帝将他册封为多罗贝勒，将其母也封为了侧福晋。尽管嘉庆皇帝很喜爱奕纬，道光始终对奕纬喜爱不起来。

嘉庆皇帝死后，道光继皇位。他登基后大封群臣，对身边的文武百官、三宫六院妃妾宫娥都封了一个够，唯独无视长子奕纬，奕纬连个郡王都不是。

在奕纬二十多岁后，道光突然对奕纬关心起来，奕纬也突然感受到了久违的父爱。原来此时，已有三个儿子的道光，他的次子、三子，都因病夭折了，现在只剩下奕纬一个了。道光想奕纬毕竟是他的血脉，是正统的皇子，应该把他培养成一个可堪大用的帝王之才，才可登九五之尊的宝座。道光皇帝选派了学富五车的大臣为老师，负责教导奕纬学习各种礼仪和知识，并要求老师对奕纬从严管教。但奕纬生性顽劣，吊儿郎当，对读书学习毫无兴趣。老师苦口婆心地教导他，奕纬不服管教，仍不悔改。

一天，奕纬不写字，不背书，只是闲耍，老师语重心长地对他说："如此下去，你怎么能继承皇位当皇上哪！"奕纬怒指老师："我当上了皇上，第一个就杀了你！"

老师把此事汇报给了道光皇帝，道光一听，即刻差人把奕纬带来见他。

道光上来是一通斥骂，奕纬仍是不思悔改，哩溜歪斜地立在那里，一副满不在乎的样子。道光火冒三丈："我还没死呢，你就想当皇上！"边说边飞起一脚踢在了奕纬的下身处。奕纬当即倒地抱头捂腹失声惨叫……道光并不想杀儿子呀，岂料如此这般！赶快请太医施救，但已无力回天，几天后奕纬一命呜呼了。这一年道光五十岁，奕纬二十四岁。

奕纬死后不久，一天道光皇帝经过断虹桥，看到了那只抱头捂腹，嘴巴微张作哭泣状的石狮，顿时痛苦万分，想起他踢死奕纬的惨状……随即命人用红袋子将此石狮蒙住，不忍再看。众人都说死于非命的奕纬就是由这个倒霉的石狮投胎而来，断魂回归而去。

关于断虹桥的故事，还有一个奇怪的传说。愣把石狮子说成了石猴。说的是曾有一位皇帝的爱妃在断虹桥附近的一个房间内洗浴，突然发现一只猴子在窗外窥视，猴子的影像在窗户上晃来晃去……这妃子情急之下，抄起正用着的玉瓢向窗户砸去！窗上猴子的黑影消失了，但再去找那玉瓢，却也不见了踪影。那玉瓢是皇上赠予爱妃的，不可丢失！找来找去，发现被一只石猴拿去了，这猴子拿着玉瓢就立在断虹桥上！

传说就是传说，越传越神，狮子生生变成猴子了！咱们去故宫走断虹桥，可要细心找一找，那只拿着玉瓢的猴子到底藏在哪儿了。

太庙的鹿柏

太庙是我国明清两代皇帝祭奠祖先的家庙，始建于明朝永乐十八年（1420），至今已有六百多年的历史。太庙的正门在天安门内御路东侧，是皇帝祭祀时走的门。此门和天安门内御路西侧社稷门相对称。

太庙是明清皇帝对先祖祭祀的地方。宫廷祭祀有八十多种，分为三个等级：大祀、中祀和群祀。大祀是皇帝亲自祭拜；中祀大部分派官员祭祀，皇帝只出席个别的祭祀；群祀就是由官员代替皇帝去祭祀。

太庙每年的祭祀分三种方式和规格：

其一，享祭。这是每年春夏秋冬四个季节的首月的阴历初一都必须进行的祭祀，皇帝都会亲自到此祭祖。这是常规性的祭祖仪式，被称为"四孟时享"，也称为"享祭"。用时令的瓜果蔬菜来祭祀祖先。

太庙旧影

180

其二，告祭。每逢遇到国家的大事，如皇帝登基、皇帝大婚、册立皇后等等，去太庙祭祀，称为告祭。

其三，袷祭。这属于一年中最大规模的祭祀仪式。在每年除夕的前一天，而且历代帝后神主都要到大殿合祭，称为袷祭。

在这个庄严肃穆的皇帝祭祀祖先的太庙中，柏树是不可少的。在太庙一、二重围墙的四周都种有许多古柏。特别是在西区苍翠的古柏林中，有一棵奇异的古柏，它的形状就像一只奔跑回首的梅花鹿，被人们称为"鹿柏"。这棵鹿柏与皇帝在太庙祭祖有一个神奇的故事。

林中鹿柏

祭祖就要有祭品，牛、羊、猪、鹿常作为祭品摆在供桌上，叫作"牺牲"。这些备做祭品的动物都是在水草丰美的南苑由专人饲养，到了皇帝祭祖前的半个月左右才运到太庙的"牺牲所"。这半个月期间由指定的专人调备这些动物的食料，负责清洁打理。然后在祭祀的前两三天再送到"宰牲亭"，通过处理再到"神厨"做成祭品。

有这么一年，正赶上老太监刘福和小太监李九儿在牺牲所负责饲养这些用来做祭品的动物。在临近秋季的首月初一时，小太监李九儿小心翼翼地喂食一头母鹿。他发现这头鹿吃得比别的动物都多，而且肚子出奇的大。他把这事告诉了人称福爷的老太监刘福。福爷对九儿说："再过两天就是秋祭了，咱们千万小心查看，别出什么事。"

这天夜里，福爷带着九儿又一次来到牺牲所里，突然发现那只母鹿躺在地上，一头身上沾满血污的小鹿羔偎依在它的怀里……福爷大吃一惊：在祭祀这个区域是不能见血腥的，更不能有动物在这里下崽！这按当时的说法，是不祥之兆！可不能传出去让上面知道。治罪是一定的，弄不好还会杀头！养鹿的、送鹿的，再加上他和九儿谁也逃不掉！

福爷颤巍巍地对九儿说："快把母鹿身上的血擦掉，给它铺上新草，再找个地儿挖个坑儿埋掉这个血腥之灾的鹿羔……"

九儿看着这刚刚睁开眼睛，胆怯地望着他的可爱的小鹿羔，不解地问："为什么要把它活埋？养着它不是很好吗？"福爷长话短说告诉了九儿宫里的规矩。

九儿说什么也舍不得把刚获得生命的小鹿活埋。他苦苦哀求福爷："这事只有咱爷儿俩知道，您不说，我不说，没人知道。咱们把它藏

乾隆射箭图

起来养，也算做件善事。等它长大了，再做祭品也比活埋了好呀！"

福爷禁不住九儿软磨硬泡，终于同意了。

爷儿俩在没人去的角落，找了个僻静的地方，用树枝杂草给小鹿搭了一个小圈，偷偷地养了起来。

这一年的秋祭就算平安地过去了。

九儿有了鹿伙伴，增添了不少生活的乐趣，他给小鹿取名叫"十儿"，把它看成是自己的小弟弟。十儿在九儿的精心照料下，第二年已长成了一头健壮的梅花鹿。

这一年除夕的前一天，太庙要举行祫祭，这是一年中最大规模的祭祀了。皇帝来到太庙，鼓乐齐奏，礼仪开始了。藏在隐匿处的十儿被这突然响起的鼓乐声吓了一大跳，它惊慌地蹿出牺牲所的院墙，在太庙里狂奔，御林军发现后马上驱赶。十儿跑得更快了，一下子跑进西边的柏树林中，在几棵大树前停下来，回头张望……说时迟那时快，御林军的一支利箭"嗖"地射了过来，从它的左后身斜着射入体内！这一瞬间突然传出一声巨响，半空中闪出一道金光，把柏树林照得通亮！小鹿十儿一下子无影无踪，一棵插着利箭的柏树立在那里！

北京选定了国槐、侧柏两种树木作为"市树"

皇帝在众人的簇拥下来到小鹿幻化成柏树的地方，看到另一番景象：这棵秀丽的柏树上落了许多漂亮的仙鹤，它们有的引颈长啼，有的振翅欲飞……

皇帝初是惊奇，继而大喜：鹿化为柏，柏上栖鹤，这是天意——鹿鹤同春的吉兆啊！立马地，皇帝带领众臣毫不犹豫，齐刷刷地跪下向鹿化柏拜了三拜，亲自赐名"鹿柏"。

福爷和九儿也就因此躲过了一劫。

如今这棵鹿柏依然屹立在太庙西侧，不少好奇的人靠近前仔细观看，哈，可不是嘛，树身上还有利箭射中后留下的疤痕呢！

王府井的"井"

　　王府井大街，南起东长安街，北至中国美术馆，全长一千六百米，是北京乃至全国最有名的商业街之一。这里商业牌匾高悬，人头攒动，各家店铺有日用百货、五金电料、服装鞋帽、珠宝钻石、图书音像、金银首饰等，经营品类琳琅满目，确是堪称"日进斗金"的商业宝地。在这条大街的行道边上，还真有一口地标性的水井！早在《乾隆京城全图》和1913年《实测北京内外城地图》中均绘出了这口井的位置，但此井在20世纪20年代被掩埋了。1998年王府井大街整改时这口井被重新发现，1999年进行了保护。有人说井盖是镀金的——但是现已褪色，看上去跟其他井盖没有什么不同。

　　王府井大街的这片区域，在辽、金时代只是一个不出名的小村落。到了元世祖忽必烈定都大都后，这个小村落才热闹起来，并有了"丁字街"的称呼。因明代这条街上建有十座王府、三座公主府，所以又名"十王府街"。清依明制，亦在此街上建王府，也就随口简称

王府井大街上"镀金"的井盖

"王府街"。

传说中的北京城，在古时候是一片苦海幽州，地下水源很丰富。但到燕王营建北京城时，却惹恼了龙王，龙王生气就想用断水的办法来报复。它化装成人样，用两个水篓子，想把北京的水都带到西山黑龙潭去。当时有个勇敢无比的猛士叫高亮，奉军师刘伯温之命去追赶龙王，眼看龙王快到黑龙潭了，高亮急中生智，举起手中长矛照着龙王的左边篓子戳去，只听"哗啦"一声，一篓子水流出来了，北京城这才有水喝。可是龙王带走的一篓子都是甜水，留下来的却是另一篓苦涩难喝的水，因此只要稍稍碰上天旱，北京就要闹水荒。

皇家王族专门派出插着龙旗的水车，到京西玉泉山去打"天下第一泉"的水来饮用，有钱人家也大多雇水车运来"水窝子"的甜水，而大多数百姓只能喝那苦涩的水。当时北京城里绝大多数是苦水井，煮饭做菜不香，洗衣服不干净，洗头发都黏手，甜水井可是稀缺资源。

"十王府街"一带王府多，清代豫王府就是其中占地规模大、建筑也上档次的一座。豫王嫌每日派人去玉泉山打甜水太麻烦，就想在自家附近能开一口甜水井才好。于是，他请来了海淀蓝靛厂外火器营的会看水线的佟五爷。佟五爷仔细勘察了玉泉山的水线，勘测出了王

旧时北京有专门的行当就是做卖水送水的营生

府井地带甜水井的位置，对豫王爷说："此地之下通玉泉，井水一定倍甘甜。"但美中不足的是井的位置不是在王府院内，而是在院外百来米远的地方。佟五爷告诉豫王："这甜水转了个圈儿，没能进院子，井呢，只能打在外边了。"豫王爷只好同意了。

仅用三天工夫，打井完工，一尝这井水，果然甘洌爽口。豫王令家丁看守，并叮嘱："非王府之人，不得取水。"又令工匠在井上建了一座精巧玲珑的亭子，对这口井严加防守。

话说有这么一年，赶上了百年不遇的大旱，北京城里大大小小的水井摇着辘轳只能打上来泥浆汤，地安门外的"海子"也干涸到只有垫底儿的水了，人们渴得喉头直冒青烟。好多百姓，一家人一天只有一小罐子水，整天只敢喝一小碗水，人们都担心着快活不下去了。这时全城只有少数几口井还冒水，王府井便是其中之一，这口井不但有水，咕嘟咕嘟取之不尽，而且水又是甜丝丝的。

王府占有的井这时还出水，可教王爷威风啦！他说这是他祖宗的福气大，造化大，房屋和水井都在龙脉上，龙王保佑他家有水喝。这王爷也格外贪财吝啬，他眼看大家没水喝，不但不把水井里的水分给大家度荒年活命，反而命令看井的老头儿：把水井严管起来，不准许旁人们去取水。

看水井的老头儿是王府的老家丁，本也是个穷苦人。他心地善良，看到王爷家独占甜水井，而周围百姓几乎渴死，很是着急。于是他趁每天凌晨早起和晚上月上中天，王爷和府中家眷睡觉的时候，给胡同口里的百姓递眼色、发信号，暗示他们：此时安全，快来打井水！大家急忙悄没声儿地打点救命水，让一家老小饮用。

清代王爷服饰

纸里包不住火，日子长了，王爷有个亲信终于发现了这事儿，并密报了王爷。五花大绑被带到王爷面前的守井老头儿，倒是不避讳，他对王爷说："没错，是我让人家来打水的，但是我这可不算吃里扒外啊，咱这起早贪黑的完全是为了王爷着想啊。"王爷说："偷我井水怎么还成了为我着想了？你给我个说法和解释！"

这老头儿不急不恼，慢条斯理地对王爷说："我让王府之外的人打水，不是为我自己，是为了王爷您哪！王爷家大业大，府上人口又多，每日要雇民工运粮挑菜，供咱们不沾泥土不弯腰。要是附近的人都渴死了，哪儿还有壮工给您家干活儿呀？您说是不是这么个理儿？话我说明白了，您要还是不肯施舍给附近百姓点儿水喝，没问题，咱今后绝不让任何人再取走一滴水。"王爷听了，也觉得在理，于是就不再追究了。一早一晚的，附近老百姓照旧来找看井老头儿取水。

这么着啊，一传十，十传百，住得越来越远的人、越来越多的人，也都上王府外来取水，王府井还真争气，水量还挺足，有股取之不尽，用之不竭的劲头。来打水的人多了，名声也就传扬出去了，说这里有一口井，在王爷府外，大家都能来打水，共度灾年。传扬的人多了，王府井也就名冠京城了。

于是，人们慢慢就把整条街叫作"王府井大街"了。

清光绪十一年（1885）《京师坊巷志稿》记载，那时节的北京内外共有一千二百五十八口井，"王府"与"井"并称，这就标明了街道首尾的标志性建筑。根据清代地图也能看出来，"王府井"也就是该街唯一的井。

一代高僧姚广孝

前边讲建"八臂哪吒城",姚广孝是和刘伯温齐名的军师……

对于北京这座城,姚广孝太重要了。今天这一题,就专门来讲讲姚广孝。

姚广孝是苏州人,法名道衍,字斯道,生于元朝末年,十四岁即出家当了和尚。

明洪武帝朱元璋时他跟着燕王朱棣到北平(后称北京),当建文帝朱允炆大力削除藩王时,姚广孝紧伴着朱棣做谋士,处理政务,指挥战争,建筑城市,纂修文典,等等,功勋卓著。明永乐二年(1404),朱棣授姚广孝资善大夫,太子少师;明永乐十六年(1418),姚广孝八十四岁卒,特进荣禄大夫,封为荣国公,建墓于京师房山县。

据说姚广孝长得不是一般的难看:一双夸大了的三角眼,吊梢眉,胡须蓬乱长满下颊,分明像一只憋屈着劲的老虎,又隐含着阵阵杀伐

姚广孝（1335—1418），法名道衍，号独庵老人。今江苏苏州人。明朝政治家、佛学家、文学家，"靖难之役"的主要策划者

姚广孝和朱棣踏勘地形，指点京城龙脉

之气。当姚广孝云游到河南嵩山少林寺的时候，相面大师袁珙见到姚广孝，就惊愕于他的相貌，说他不是一个凡人，两人还久久交谈。

通常人可不敢让姚广孝近身。燕王朱棣胸怀天下之志，脑子里盘算的是另一本大账，他当然要用奇人异士。姚广孝到朱棣身边不久，一次私聊，姚广孝向朱棣说："我在您身边辅佐，不用太长时间，我就让大'王'戴上一顶'白'帽子！"这句话之中，他把"王"与"白"字说得格外音重而又声长。"王"上加"白"——那不就是"皇"吗？朱棣悟明了这一点，心中暗喜："你这老家伙可谓正中下怀！"

又一次，在原来元朝留下的宫殿中，翻览留堆下来的古籍，也不知是哪一页触动了朱棣的灵感，他手抚书册，拉长声吟出一句："水无一点不成冰——"姚广孝凝神谛听，颔首，静思，然后趋近朱棣的身旁，用与朱棣刚才同样的声调应和了下句："王不出头谁做主。"朱棣闻听和句，低眉不言半晌，猛地抬头凝视着姚广孝三角眼中扑闪的幽光……

朱棣安排姚广孝住在元皇城西南角的大庆寿寺（双塔寺）中。这本是一座皇家大寺，始建于金代，元代中期曾进行过大修。姚广孝很喜欢这座寺庙，到了北京以后，他一直居住在这里。有那么一天，打南边来了个胖墩墩的老头儿，他正逛到了双塔庆寿寺的大门外，说来也巧，不期然遇到了朱棣和姚广孝二人——是姚广孝正陪着朱棣从庙门内漫步踱出。老头儿眼中像根本未见姚广孝似的，单单奔着朱棣前俯身跪下来："大……大王！您是我们的天子啊！"朱棣当然要停下来问老者话从何来，"您……您光芒四射，带一派天子之相！"老头儿的回答让朱棣胸中升腾的造反夺天下之心更坚定了。

大庆寿寺（双塔寺）旧影

姚广孝墓塔建在北京房山

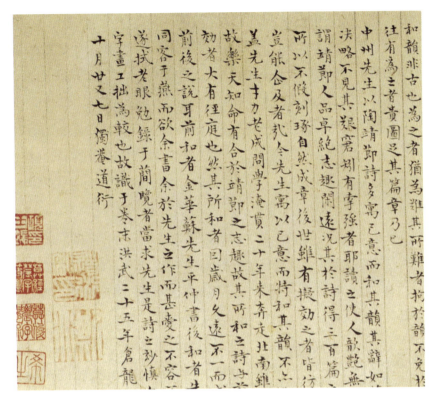

姚广孝手迹

　　实际上，这胖老头儿不是别人，他就是与姚广孝曾捏咕于嵩山少林寺的那个相士袁珙。这一次邂逅"小品"，其幕后的"导演"就是姚广孝。当然，毫无疑义这绝对是"之一"！

　　朱棣的燕王府是过去元代的皇宫，占地面积非常大。姚广孝就在宫内后苑，下挖到半地下营建兵营，在空场训练军队，还用厚重的墙体阻隔内外交通，以保密其事。他部署人马日夜打造兵器，并养了大量鸭鹅，试图用鸭鹅的鸣叫掩盖锻造声。

有人向建文帝告发，说燕王朱棣要造反，建文帝下令逮捕燕王府中的官员。在姚广孝的多次催促下，朱棣决定起兵。正式掀起"反旗"的那日，天气骤变，大风雨刮掉了燕王府殿上的檐瓦。朱棣面对这种预警"凶兆"，心底还是犯起了嘀咕，害怕了。姚广孝站出来说："这是天下难得的好兆头啊！飞龙在天，从以风雨。旧瓦在我们誓师发兵的这一刻摔掉，说明天下风云是注定跟随真龙的。大明皇宫须换黄琉璃瓦了！"朱棣这才带兵出发，开启了"靖难之役"。

任人难敌姚广孝的鼓吹、诱惑，或者说是煽动、撺掇，总而言之朱棣真个儿是走上了造建文帝的反，夺取大明天下的道儿！而且，姚广孝一路保驾护航，出谋划策，做他的大军师，保证燕王朱棣战旗所指，摧兵斩将，连连奏凯，最后果然坐定了大明江山。

朱棣大体完成北京城的主要建筑是明永乐十八年（1420）。明永乐十九年（1421），他宣布正式迁都，改北平为北京。而这坐天下的荣耀岁月，姚广孝并未得享——在此之前的明永乐十六年（1418），作为一代高僧的姚军师，他在自己的双塔庆寿寺之内圆寂了。但是，姚广孝在广大百姓的口里获得了诸葛孔明一样的英名，在今北京市房山区常乐寺村的显赫之地，铺设着"御制荣国公神道"，矗立着巍巍九层的姚广孝墓塔。

第三辑

传说，让北京万代璀璨

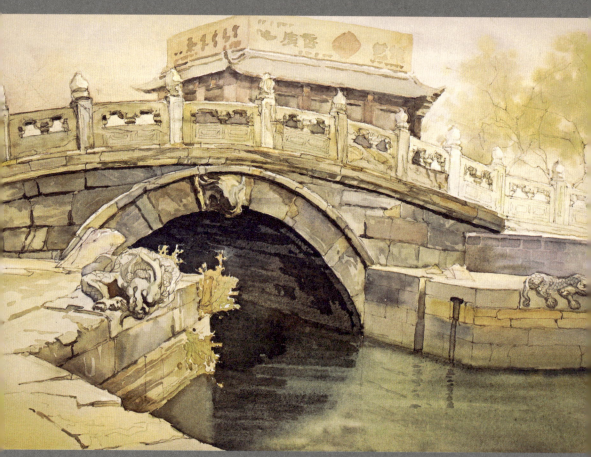

万宁桥　张维志绘

北海永安寺的石狮子为什么头朝庙门？

太液池占北海公园全园面积的一半以上。走进公园的南门，首先映入眼帘的是一座宛如玉制长虹的三孔汉白玉石桥，以优美的曲线漂在太液池广阔的水面上。这座桥至今已有七百多年的历史，是它将太液池南岸的团城与北边的琼华岛连接起来。

站在桥头向琼华岛望去，那岛上数不清的太湖石堆垒而成的假山，就像天空中美丽的云彩；岛上重重叠叠的苍松翠柏犹如翡翠娇嫩欲滴。桥的两端各建有一座牌坊，北边名"堆云"，南边名"积翠"，此桥因此得名"堆云积翠桥"。后来，清代在琼华岛上建永安寺后，此桥又叫"永安桥"。

站在大桥上，会发现桥的平面呈"之"字形。这是因为团城承光殿的轴线与琼华岛上白塔的轴线相互错开了十五米左右，为了创造出一条由南向北的轴线景观，古代技艺高超的造园工匠把这座大桥建成了曲折的三段：南段与团城连接，北段与琼华岛连接，中段把南北轴线连接，就这样把两个相隔甚远、不同空间的建筑巧妙而自然地连成一体。今人无不惊叹古人的无穷智慧和卓越艺术。

　　建此桥时，在桥两端的牌楼前各置有一对石狮。桥南的一对石狮，头朝着团城；桥北的永安寺山门外的石狮，头朝着琼华岛上的永安寺，也就是说狮子的脸对着寺庙门。

永安寺前的狮子，确实是面对着庙门而坐

　　说起来，石狮历来被作为吉祥物立在庙门两旁，看护寺庙的石狮子自然是头朝外安放的。可是这对永安寺门前的石狮子却一反常态！这就引出了一个有趣的传说来：

　　其实原本这对石狮也是规规矩矩头朝外，蹲守在庙门两旁，尽职尽责地护卫寺庙的。

　　永安寺地处宫苑之内，极富皇家气派，寺庙的香火极为旺盛。到团城的、到园内的游人络绎不绝地到永安寺进香。

　　一天，从团城方向来了不少香客，他们急匆匆地边走边说："快点儿走啊，白塔山的'眼光门'放光了，眼光门里就是极乐世界，那儿还有仙女聚集的欢喜园……"

　　望着登上白塔山的人群，两个石狮子心里那个痒呀！它们真想跟在人群后也去看看热闹。但是石狮子白天不能擅离职守，只能乖乖地守在寺庙门口。

　　它们耐着性子，忍到了夜幕降临，就悄悄地离开原位，直奔白塔山。它们蹑手蹑脚地爬上了白塔山，围着白塔山转了一圈，想找找"眼光门"。它们发现塔身正面有一盾形小龛，内塑红底黄字含"吉祥如意"的藏文图案，这就是俗称的"眼光门"，又叫"时轮金刚门"。这门凹进去一块儿，里边就是极乐世界，它们想着能不能进去玩玩。正东瞧瞧西看看，忽然听到太液池西边一片鼓乐之声，再一望可隐隐看见灯光下有人群活动。但因距离远，它们就坐在"琼岛春阴"碑下隔水相望。忽然又听到身后有一阵阵少女的嬉笑声，于是下了白塔山顺音去寻。走着走着，发现了一个石洞，洞口刚好有石梯，它们爬了上去；爬上后又发现一个大石洞，就像座石头屋子，原来是

永安桥、永安寺与北海白塔旧影

"嵌岩室"。再往前走是北海的"一壶天地"，在这儿听少女的笑声更清楚了，原来是一个大池塘，仙女在池中快乐地洗浴……俩石狮正想走近观看，忽听一个仙女说："姐妹们，咱们该回去了，鸡快叫了。"俩石狮一听，慌了神，才知它们已出来逛荡一夜了，赶快往寺庙下山方向跑去。刚跑到庙门口，鸡叫了，它们定在那里动不了了！这样就来不及转过身去，只能是面朝庙门，头朝里了。

故事总归是故事。实际情况是建桥在先，建寺庙在后，建桥时便有了这对石狮子——它们本属于大桥和牌楼的，建寺庙后这对狮子北边是永安寺，南边是"堆云积翠桥"，它们正处在寺庙山门与牌楼之间，人们误以为这对石狮是属于寺庙的，于是就"很有理由"地提出：看护寺庙，你们怎么能头朝里呢？

如果弄清了这对石狮的来由，就不会提出这个问题了。

北海公园的铁影壁

　　说起北海公园，大家就滔滔不绝地列数着它的景点：琼华岛、白塔、悦心殿、漪澜堂、濠濮间、画舫斋、静心斋、九龙壁、五龙亭……今天我们别的都不讲，单单说一说位于五龙亭东北的一个有着传奇故事的"铁影壁"。

　　铁影壁其实不是铁铸的，而是火山喷发出的岩浆凝结而成的一种矿物质。因为它呈赤褐色，质地坚硬，很像铁，大家就叫它铁影壁。这块影壁高 1.89 米，长 3.56 米，顶上有脊吻瓦檐。

　　铁影壁原来并不是在北海公园里的，它曾经搬过多次家。

　　铁影壁最初元代时是立在健德门（今德胜门外原土城豁口处，已成大路）外的一座古刹里。明朝永乐年间改建北京城，把北城墙（原土城）往南移，古刹被拆除了，铁影壁就沉睡在郊外的废墟里。约一百年后的明朝嘉靖年间，在鼓楼西大街这一带建了一座"德胜庵"，有人又想起了这座铁影壁，便把它运到了德胜庵当影壁用。于是，德胜庵这条胡同就被称作"铁影壁胡同"。

铁影壁在德胜庵内旧影

铁影壁今日图

20 世纪三四十年代，曾有外国文物贩子盯上了这个奇特的影壁，几次要花钱购买，都被德胜庵的住持严词拒绝，保住了这个珍贵的文物，使它免遭厄运。

1947 年，铁影壁被运到北海公园的北岸，乾隆所建"快雪堂"的前边。但是它原来是有一方底座的，这次往北海运，底座没找到。

1986 年，铁影壁胡同内挖土动工，在地下土层中发现了原配底座，当然要赶紧"物归原主"啊，于是影壁与底座团聚了，成全了北海公园内这一处重要的景观。

关于铁影壁是谁建的，为什么要建，这就要说说一个传奇故事了。

大家都知道"八臂哪吒城""高亮赶水"这些故事，总讲那些孽龙如何如何可恶，其实它们上一辈的上一辈的上一辈还不坏，而是能为人们做善事的好龙呢！有一对老龙夫妻就安安静静地在北京生活着。

一天，北京城突然刮起了西北风，风那个大呀，没有十级，也得有八九级！一连刮了三四天也不停。看看北京城的房上、地上积了好几寸的土，再这么刮下去，非得把北京城给埋了不可！

风还在刮着，一个老头儿骑着一头长耳朵毛驴正要上桥头，"呼"一阵大风，把老头儿和毛驴吹上了天。老头儿吓得紧闭双眼，两只手死死抓着毛驴的耳朵，飞呀飞……一下子飞出去三四里地，好容易风小点了，老头儿和毛驴才落到地面上。目睹到此奇景的人称叹：这哪是毛驴呀，简直是"飞驴"！

又有一天，又出现了"飞人"，大风把西山一个寺里的小和尚给吹到半空，借着风势，一下飞了三四十里地。等小和尚落地的时候，他已在北京城里了。

那对老龙夫妻一直在为北京的大风发愁，想着帮助百姓治住大风，保护北京城。听到了"飞驴""飞人"的怪事，夫妻俩要弄明白为啥刮这么大的风。于是摇身一变，变成老头儿、老太婆往西北风源头的方向走去。因为大风不停，街巷里人不多，人们都急急忙忙往家赶，不愿在路上停留。这对老龙夫妻一路观察没发现什么异常情况。

当走到城根儿底下时，他俩发现一个老妇人带着一个十几岁的孩子蹲在那儿，每人拿着一个口袋，忙忙乎乎地往口袋里装着什么东西……

走近一看，原来老妇人往口袋里装沙土，孩子往口袋里装棉花，老妇人嘴里还不停叨唠："这回非把北京城埋上不可……"

老龙夫妇猛地悟出：面前的老妇就是风婆，那孩子是云童，这是他俩在搞破坏呀！风婆能让风刮个不停，沙土唰唰地下；云童是要在天空布满黑云，让大地失去光明……

不容迟缓，老龙夫妻俩冲上前要捉风婆和云童，可这俩坏蛋一起把口袋里的东西往外倒。只见黑云一股脑地冒出来，老龙夫妻同时张嘴一吸，把黑云吸进肚里。风婆的沙土也飞过来了，呛得老龙夫妻连连打喷嚏，正好打出一股股清水，直朝风婆云童冲去，水流把这俩家伙给卷走了……

从此，北京城的风小了，土少了，北京城算是保护下来了。知道这段故事的人们都感念，多亏了老龙夫妇，才有了这样的结果。怎么办呢？众人造了这座铁影壁，一面是大狮子与三个小狮子嬉耍，另一面是麒麟安卧于古松之下……用这种传统的"画片"作为对老龙夫妇的纪念！

当然，面对"画片"，也有考证说上面有"狻猊"，是"龙生九子"之第五子……这，应该是另一篇文章的任务了。

北海九龙壁

说到龙，大家都不陌生，因为在中华大地上，常常见到"龙"——划龙舟、舞龙灯、龙的绘画、龙的雕刻、龙的旗帜，历代帝王的器皿、服饰等等常以龙为装饰，连皇帝老儿本人都被称为"真龙天子"！

龙是人们臆想中的神物，它将世上许多动物的特点和能力汇集一身，龙有着鹿角、牛头、驴嘴、兔眼、象耳、鹰爪、鲤鱼须、鱼鳞、蛇身……它能空中飞，地上行，水中游。

几千年来，龙是华夏民族的独特标志，中华民族的子子孙孙自称是"龙的传人"。龙的传人、龙文化已经成为东方文化的重要组成部分，中国人以此为自豪！

在皇宫、王府、庙宇、园林里常见到龙壁这一特殊的建筑。它一般是用黄、绿、蓝、黑、白等五光十色的琉璃瓦镶嵌成各色龙的形象制成一面墙壁。龙壁既可作为院落建筑的屏障，又能烘托建筑的美轮美奂，气宇不凡。

龙壁是我国特有的建筑形式，常见的有一龙壁、三龙壁、五龙壁、七龙壁、九龙壁，今天咱们说说北海公园中的九龙壁。

到北海游玩，大家总要到北海公园的北岸澄观堂的西北，面对太液池，遥望琼华岛，在翠柏掩映、石径相通的幽雅环境中一睹九龙壁的风采。

朝阳下，九龙壁被涂上一层耀眼的光辉，壁前壁后的九条戏珠蟠龙仿佛腾空游动，昂首摆尾，盘绕弯曲，在海浪中翻腾，在流云中穿行，犹如真龙再现，栩栩如生……

细心的人会边看边数，九龙壁到底有多少条龙呢？

九龙壁旧影

　　九龙壁呈庑殿式，有一条正脊，四条垂脊。正脊前后各有九条龙，垂脊左右各有一条龙；正脊两侧有两只脊兽，它的身前身后各有一条龙，五条脊上共有三十条龙。往下每一块瓦当下面镶嵌的琉璃砖上也各有一条龙，壁的四周共有筒瓦二百五十二块，陇垂二百五十一块，龙砖八十二块。在正脊两侧"吞兽脊"下，东、西各有一块椭圆形的瓦当，上面也各有一条龙。

　　加上跃于云雾中的十八条蛟龙，总共是六百三十五条龙！

北海九龙壁

　　这个九龙壁建于清乾隆二十一年（1756）。传说曾经因为一场大火，使它受损严重。乾隆皇帝下令修补九龙壁，使其恢复往日的风采。

　　修补工作由技术高超、经验丰富的马德春承担。他首先带领一伙儿工匠为修补九龙壁烧制各色的琉璃瓦。他们没日没夜地淘泥、制坯、修整、晾晒，又点火、起窑，在窑前精心控制着火候，不敢有一点儿马虎。这样挥汗如雨地干了七七四十九天，彩色的琉璃瓦烧成了！马德春和匠人甭提多高兴了！

北海九龙壁上飞舞的琉璃制龙

再过几天是个好日子，就要用烧好的琉璃瓦修补破损的九龙壁了。大家小心翼翼地忙着把琉璃瓦运到工地。静静的忙碌中突然传来"哗啦"一声脆响，马德春和众工人吓坏了！原来是一个毛头小子不小心把几块琉璃瓦打碎了，碎片撒了一地……马德春心里明白：这可闯大祸了！这些瓦一片也不能少啊，交工期已临近，再重新烧制是不可能的了！他先叮嘱在场的人员："这事儿万万不能对外讲，要是让宫中人知道了，传到皇上那儿，我和你们大家伙儿可是杀身之罪呀！"众工匠默默点头，心里都紧缩成一团，都明白自己已是"死到临头"了。

马德春细细又盘算了一遍，无论怎么着，也是少一大片瓦呀！该怎么办呢？他把自己关在小屋里，悄没声地偷偷再制作几片"琉璃瓦"。

神不知鬼不觉，马德春将这几片特制的"琉璃瓦"混在彩色琉璃瓦中，带领工匠很快就完成了修补工程。

这一天，皇上带领众臣来验收了。这修补后的九龙壁比原来更加光彩夺目，那九条蟠龙栩栩如生，熠熠生辉！皇上一遍一遍仔细欣赏着琉璃瓦上的每条巨龙，马德春心里一直忐忑不安，唯恐被发现了什么……直到皇上称赞了工匠的修补手艺，马德春心中才一块石头落地。宫里给马德春与工匠们不少赏钱，真是皆大欢喜！

事后，马德春才告诉工人们真相：他用了两天两夜的工夫，在一块上好的楠木上雕了一条龙，涂上了白色，充数装在壁上了。大家数一下看，就是从东边数第三条的那白龙呀！

现在，你若到九龙壁前去观赏，你还真是分辨不出来那条白龙是琉璃瓦的呢，还是用楠木填上去的哪！

站在九龙壁前，人们总希望九龙壁上的龙有灵性，真的舞动起来飞腾于宇宙之间，潜伏于波涛之内……

传说有一天，西藏密宗高僧来到北海给九龙壁开光。那一天，晴空万里，佛光普照，九龙壁前庄严肃穆。高僧诵经叩拜，面前香烟缭绕……开光过程中，天空布满了五彩的祥云，突然一个小孩儿无意中把一块手帕抛向九龙壁，手帕刚好遮在第九条龙的头部。人们恍惚看见那龙晃着头舞动身子，跃跃欲试要飞下来……是手帕的飘动、香烟的弥漫让人们产生幻觉，还是龙真的要飞下来呢？任凭你随意想吧，谁也说不清楚。但人们总是希望龙具有灵性，能时刻保佑龙的子孙。

后门桥"水淹北京城"

　　刘伯温与姚广孝建北京，那可是一个大工程啊。在整个建城过程中，千难万险，一言难尽。单拿那专门捣蛋的龙公、龙子与他们作对，千方百计进行破坏的事儿来说，那也是一时半会儿说不完的。你刘伯温、姚广孝不是把龙公锁在北新桥，后来又把龙子锁在崇文门了吗，但这些坏蛋怎么会死心呢！它们当然不会老实，它们妄想着有朝一日再出来毁掉你这个北京城！龙公在北新桥的海眼里叫嚣："火烧潭柘寺！"龙子在崇文门的海眼里嘶喊："水淹北京城！"它们一有工夫就这样嚷嚷，这事自然被刘伯温、姚广孝二位军师知道了。二人商量了一会儿，得出了一条妙计："这回呀，咱们不玩硬的，先让你们龙公、龙子的'美梦成真'……"商量到这儿，二位军师不由得"扑哧"一声笑了！

　　刘伯温按计划来到了潭柘寺。这是位于现而今北京市门头沟区，建于西晋时期的一座大庙，是北京地区最早修建的佛教寺庙。山后有泉称"龙潭"，庙前有树称"柘树"，所以名为"潭柘寺"。"先有潭柘寺，后有北京城"，算一下历史年代，还真是这么回事。潭柘寺庙大，僧人也就多。刘伯温代表朝廷，先赏给各灶点儿一口大锅——锅底下，方方正正铸好了"潭柘寺"三个大字。三十六个灶点，领到了三十六口大锅。刘伯温一声令下，各灶点儿生火煮饭，熊熊的火苗儿烧着"潭柘寺"这三个字，熟饭的香味在山间升腾……"火烧潭柘寺"已经实现啦！刘伯温志得意满地在古庙中转悠，长空万里风飒飒，隐隐地，他听到老龙公在北新桥海眼里气得嗷嗷叫的声音。

潭柘寺

　　姚广孝依计来到了后门桥。后门桥地处北京的中轴线北段，始建于元代，当时叫海子桥。明代重修北京，把元代的厚载门更名为地安门（后门），海子桥也更名为万宁桥（后门桥）。后门桥是元代郭守敬疏浚大运河北京城内水系的一个重要节点，其前后有澄清闸，桥洞东西雕有精美的镇水兽。大运河输运物资，可以从通州的河口一路逆水而上，直达后门桥以及其上的积水潭，这里是运河水系的一个码头。姚广孝安排了后门桥的整修工程。一方长长的石柱，石柱一头镌刻"北京城"三个字，稳稳地插入桥洞的下边，纹

后门桥

丝不动。然后，提起澄清上闸，放水，上游积在什刹海大湖中的水，慢慢流过后门桥桥洞，浸润，升高……不用多长时间，石柱上"北京城"三个字已在荡漾的水波之下了——"水淹北京城"又实现啦！姚广孝在后门桥伫立，手抚斑斑驳驳的古老桥栏，身后是地安门内外车辚辚马萧萧的一派喧嚣，但他还是听到了小龙子在崇文门海眼里无奈的呜呜哭的声音。

"火烧潭柘寺"有了，"水淹北京城"也有了。这样的传说，当然充分体现了世人对刘伯温与姚广孝的敬重，他俩在建造北京城方面的历史功绩永铭人心。但是只到这一步似乎还不够。清廷重臣翁同龢，总理大臣，曾任同治、光绪两代帝师，他在咸丰十年五月二十三日（1860年7月11日）的日记中曾有这样的话：

> 雨复至，殊无晴。京谚云：火烧潭柘寺，水淹北京城。去年九月潭柘寺佛殿毁于火，今年恐有水患矣……

翁氏的日记告诉我们：原来一百多年前，"火烧潭柘寺，水淹北京城"这句话就已广为人知了。而查查史册，清咸丰九年（1859）在潭柘寺，果然是着过大火！照翁同龢的理解，"火烧潭柘寺，水淹北京城"这二者是顺承关系，或因果关系，而前边我们所述的传说，二者并不搭界，是并列关系。处于京城西南的潭柘寺，其干旱以致着火，与城内是否发大水有什么因缘联系吗？这事儿若以"传说"而视，轻忽过去是可以的，若以一种气象变化、水文变化而加以研究，谁说不可以呢？

沈万三和什刹海

什刹海在北京鼓楼的西南方，有着极其宽阔的水面，四周种着许多高大的柳树、槐树、杨树，风光秀丽。夏天，人们在那里可乘船可散步；冬天，人们可以在银白色的冰面上做各种活动：坐冰车、滑冰、打冰球……

什刹海由前海、后海、西海水域以及沿岸名胜古迹和民居组成。这里的胡同和院落组成了老北京丰富多彩的文化样态。

什刹海，有不少人把它写成"十岔海"。看一下区域地图，周围胡同肌理真是七横八岔，名称上叫"斜街"的就有不少。什么烟袋斜街、白米斜街、马尾巴斜街（现在改叫东不压桥胡同）……还有许多虽不叫什么斜街，但净是东倒西歪斜不拉的胡同，如鼓楼西大街、一溜河沿、石碑胡同、甘水桥、北官房胡同、南官房胡同、羊角灯胡同、马王庙街……看来叫该地区"十岔海"是有理有据的。

什刹海，也有人把它写成"十刹海"。用"十"表示了数量，

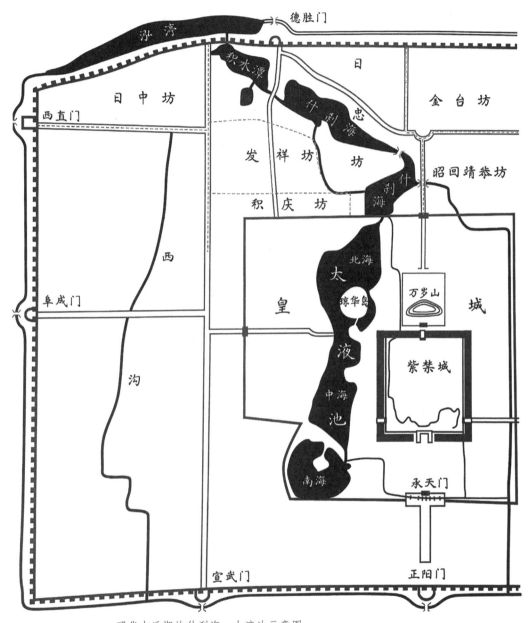

明代中后期的什刹海、太液池示意图

荷花市场位于什刹海荷花池畔西岸，市场多售卖河鲜、冰碗等食品摊点（20 世纪 20 年代）

"刹"又表示了庙宇。"十刹海"表示了该地区的庙宇之多。比如什刹海寺、净业寺、广化寺、龙华寺、慈恩寺、汇通祠、火神庙、关帝庙、广福观……

什刹海，当地老人又常常说成"十窖海"，这是因为受传说故事的影响，说是这块地曾掘出活财神沈万三的十窖银子……

咱们就讲讲活财神沈万三的故事吧。

提起沈万三，老北京人没有不知道他的，那可是一个"活财神"

呀！"活财神"这个称号把沈万三叫响了，可是他手里却一个钱也没有，整天穿得破衣拉撒的，像个乞丐。那为什么叫他"活财神"呢？是因为他知道地下哪个地方埋着金银财宝。但沈万三是个怪人，平常也说不出哪里有金银财宝，但一挨人狠打，他疼得胡乱一指，你就顺着他指的地方挖吧，准有宝物：不是有金子，就是有银子。

这一年，皇上要修北京城了，先得把钱备好了才能够弄材料、请人工呀！可是国库里也没有多少钱了，全被皇上成天价花天酒地、吃喝玩乐给挥霍了。皇上命大臣们在北京"就地取财"，必须弄到大量的银子来。

一个大臣献计给皇上：把"活财神"沈万三找来，保准能找到埋在地下的财宝。皇上立刻下旨，带沈万三来见他。

大臣带着几个侍卫一路打听着找到沈万三的家。刚到门口，大臣和侍卫都愣住了，不光不是高门大院，连个像样的门都没有，一扇破篱笆门已歪倒在地上，院里一间破草房低矮乌黑，简直就像个窝棚。再看沈万三这个人，原来就是一个穿一身破衣裤、弯腰驼背、面黄肌瘦的老头儿。既然说他是"活财神"，那就带走吧。大臣和侍卫押着沈万三去见皇上了。

皇上一瞧见这"活财神"——沈万三，心里犯了嘀咕：这么一个穷老头儿，怎么能知道什么地方埋有财宝呢？

皇上先审审他。皇上问："你说说哪里有金子？哪里有银子？"沈万三战战兢兢地说："万岁爷呀，我不知道呀！"皇上火了："那你为什么叫活财神？"沈万三嘟囔着："我不是活财神，是人们这么叫的呀！"皇上怒了，命令侍卫把沈万三拉出去打他一百大板！

沈万三雕像

不容分说，侍卫把沈万三推倒就打，噼里啪啦打得够呛，沈万三怎么求饶都不行。皇上传出话来：只要他说出哪里有财宝，就能免他遭打。沈万三知道怎么也躲不过去了，干脆带他们到外面走一走，再指个地方吧。于是沈万三带着一行兵将走走停停，走到什刹海这个地方，沈万三也走累了。得了，就这儿吧！他指着这块空地说："这儿的地下就有财宝！"一行人将信将疑地动手挖了起来。谁料到刚掘地不足一尺，竟真的发现了银子！再挖再挖，挖出十窖白花花的银子，一窖是四十八万两，总共四百八十万两！沈万三立功了！

钱备好了，北京城很快地修起来了。这埋银子的地方，被挖成了一个大坑，大坑后来有了水，就叫"十窖海"。多年以后建了庙，于是改叫"什刹海"了。

西便门外的白云观里有个财神殿，民间有说里面供的财神老爷就是北京的那个活财神——沈万三哪！这么说起来，北京人倒应该感谢这位财神爷。

"暴脾气"火神爷

钟鼓楼前的地安门外大街上，有一座千年古庙，它就是火德真君庙，民间俗称火神庙。其实火德真君只是一个神职，并不是特指哪位神仙。民间众多的火神庙里供奉的火神也是不同的，有供祝融的，也有供燧人氏的……咱说的这座火神庙有碑文记载："前院三楹奉南方（祝融）火德真君，后院三楹奉北方真武玄天大帝。"道教认为不管是供奉的哪位神明，都可称为火德真君。

什刹海畔的这座火神庙，是北京城区现存最古老、历史最悠久、建筑规模最大、等级最高的专门用于祭祀火神的皇家道观，千百年间留下了无数传说。从唐太宗李世民于沼泽中建庙，到忽必烈水困火神，甚至明代不解之谜"王恭厂爆炸案"，据说都和它有关……民间曾还流传着"先有火神庙，后有北京城"的说法。一千三四百年来，它屹立于什刹海边这地界儿，看日升日落，观船来船往，洞察人间的成败兴衰。

楼

中心臺

都水監

火神廟

澄清上閘

萬寧橋

明代火神庙和周边景致示意图

传说中这座火德真君庙最是灵验。据明朝人写的《帝京景物略》称：

> 建庙北而滨湖焉，以水济而胜厌也。先是，皇极殿灾，乾清宫又灾，哕鸾殿又灾，上命道录司左玄义吕元节主祝事，月给帑五十清醮也。

什么意思呢？木建筑众多的皇宫里面，或大或小总闹火灾，皇帝所以赶紧派神职大臣，来给庙里的火神拜祭，献上足够的银钱祈福求太平啊。

人们还传说，明代天启六年五月初六卯时（1626 年 5 月 30 日早晨 5 时），这座火神庙的正殿内突然传出吹吹打打的音乐之声。有寺庙中专管香火的人，战战兢兢地推开门扇往里偷看。只见一个红色的

《帝京景物略》中对于什刹海区域有着生动丰富的记载描述

火庆

火神庙旧影

什刹海畔火神庙修茸一新的山门

大火球从殿中神像那里叽里咕噜滚到庙门口，像火箭一样就腾空而上，直升入空中望不见了。前门城楼的楼角，有数千点星星闪烁的营火，也在此刻并合，红彤彤构成了一个车轮大小的闪亮火团。又是几个小时过后，火神庙正殿里面的神像开始大幅左摇右晃，人们一时以为火神显灵了。恰在此时，城西南角传来爆炸声，在当时皇家兵工厂的王恭厂地区发生了神秘的爆炸，远近一大片房倒屋塌，竟造成两万余人的死伤。王恭厂位于今天的宣武门内光彩胡同附近，也就是地铁长椿街站北面的位置。

传说在当时崇文门外的火神庙，神像也是烈焰包裹闪闪泛着红光，好像就要起身，从神坛走下来跑到庙外面去。庙里的老道见势头不对，赶紧跪倒在地，紧抱着神像的大腿哀告祈祷，说："外边天旱，不可走动！"神像晃悠的幅度非常大，似乎努把子力气，就要迈开步子走出去。据说是与此同时，城北什刹海那里的火神神像也在晃动，而王恭厂的爆炸，也就在此一时刻就震发了。

无论是庙里的道士，还是层层级级的官员，甚至皇帝自己，都不愿意说这爆炸跟自己有啥关系，最后就把这火灾和爆炸归咎于"火神震怒"——说这火神爷有个"暴脾气"。皇帝下旨，扩建了火德真君庙，给"暴脾气"的火神爷更多的礼遇。从明至清，火神庙都被正式列于皇家祀典，每年的农历六月二十二日，太常寺的大小官员就会代表皇帝和国家，到火神庙祭祀火德真君，以求得消弭灾患。

2002 年，火神庙启动了腾退修复工程。在清理修缮的过程中，地面和地下的石碑、础石、香炉座等一大批老物件纷纷重见天日。如今游客们所见的火神庙，保留了"明骨清衣"，即建筑格局依然为明

火神庙

万历时的状态，而建筑风格则以清光绪大修时的面貌为主。按照民间的说法，火神既能保佑家宅平安、增福延寿、消灾去祸，又可以致功名以加爵，进禄以增财……所以啊，这里的祈福香火，还随着火神传说的演绎，继续红火着……

铸钟娘娘

北京中轴线的北端矗立着钟楼、鼓楼两楼，南为鼓楼，北为钟楼。暮鼓晨钟象征着国泰民安。

早年间没有钟表的时候，老百姓就是靠听鼓楼的鼓声而知道天到什么钟点啦。北京是都城，鼓楼当然要比各城各县的鼓楼高大得多，可是光有那么大的鼓楼多孤单啊，要配个钟楼做伴。于是北京也是修建鼓楼在先，修建钟楼在后。那时候刚建好的钟楼竟然是个空楼，里面没有钟。于是皇上下了一道圣旨，派管工程的大臣组织全国各地有名的铸钟匠人铸造一口两万斤重的大钟。

一位铸钟的名匠老邓师傅接了圣旨，领了重任。在鼓楼的西边建了一个特大的铸钟厂，拉开了架势准备造出这口大钟。

老邓家中有一个知书达礼、心灵手巧的女儿。老邓每天早上到铸钟厂上班，下工回到家都要与女儿叙叙家常，说说铸钟的琐事，父女俩谈笑风生，温馨无比。

钟楼上目前悬挂的大钟为明代铸造

钟楼旧影

一天两天过去了，十天二十天过去了，还真是没过多少日子，一口大铁钟铸成了！皇上在大臣陪同下，亲自来到铸钟厂验收。皇上上眼一看黑黢黢的大铁钟就一脸的不高兴，再敲一敲听听声音，竟叭喇叭喇地低声闷响。皇上大怒，这不好看也就先那样吧，但是连声音都不响，传到皇宫里都没有多大动静呢！皇上吹着胡子发怒咆哮："我就是要一口金光闪闪漂亮的大铜钟。平常的日子里敲钟，要京城四下里都能听到。顺风和格外喜庆的日子里，我要这敲钟声响彻四五十里之外！"他给了老邓师傅三个月的限期，务必要铸一口两万斤重的铜钟，到期完不成，格杀勿论！

《天工开物》中的铸钟图示

这一天，老邓师傅愁眉苦脸地回到家，在女儿的追问下，才把限期重新铸一口大铜钟的事说了一遍。

从这天开始，老邓师傅带领众多的工匠没日没夜地干了起来。不知咋的，这铜钟怎么也铸不成，化了铸，铸了化……有时候是材料问题，铜汁子凝结不上；有时候是模子的问题，铸造出来扁塌塌不像个钟样儿……交差的日子一天天逼近，眼看到最后一天了，老邓与工匠们都自认这活儿干不好，马上真是死到临头了！

前一天晚上老邓没回家。邓家女儿和妈妈也是着急得不得了，所以这一天起得格外早。邓姑娘认真洗面更衣，穿一身红袄裤，踏一双崭新的绣花小红鞋，出门不远就来到铸钟厂。在铸钟厂门口往里一望，就看见爹爹和工匠们围着化铜锅忙碌，一个个满头大汗，身上也沾满了煤灰。老邓看见了闺女，又着急又伤心，"你这时候干什么来了？快回家去！""爹爹你又是一夜没回家，我就是来看看爹，然后问问铸钟的事儿怎么样了。"老邓师傅还没有来得及答话，旁边一个青壮工匠就张口说："铜汁到现在都不对头啊。眼看着就是最后一天了，太阳一落一起到了明早，眼看着这厂里的几百条汉子就没命了。大侄女啊，你别管我们了，快回家吧！"姑娘心里难过极了。

邓姑娘心中盘算着：钟铸不成，是缺少点什么？噢，那应该是"灵性"呀！姑娘望着此时天边飘来的一朵五彩红云，抬手一指对爹爹和众人说："爹爹，您看那是什么？"趁老邓师傅和众位工匠望云的瞬间，姑娘纵身跳入了滚烫的化铜锅中，只听得"哗"一声，铜汁飞溅，邓姑娘的身子已然化在了铜汁里。说时迟那时快，回过神来想去拉拽女儿的老邓，最后只是攥住了女儿的一只绣花鞋……

　　老邓及工匠们悲恸欲绝，再联想起最后时限马上就到，都哭得死去活来……忽然一个年轻工匠喊了起来："先别哭先别哭，快看这铜汁里面怎么放出金光来了？"在天边五彩红云的映衬下，这一锅铜汁竟放出特别的奇异光彩！大家都擦干了眼泪，马上干起活儿来，不一会儿铜汁凝固，八寸厚的大铜钟铸成！姑娘的献身，总算是交了"皇差"，换回了老邓及工匠的生命！

　　这口新钟挂在钟楼上，每天一到更鼓点，就打紧十八、慢十八，不紧不慢又十八，合计两个轮次一百零八下钟声。每次大钟敲响，它的尾音丝丝缕缕之中，总有一些人隐隐地听到其中含着点"耶——鞋——"的声音。这当儿，有老奶奶就对小孙孙说了："听见没有，铸钟娘娘在要自己那只鞋了！"

　　铸钟娘娘的故事就流传下来了。到现在鼓楼西还留有"铸钟厂"的地名。铸钟厂里有一座"铸钟娘娘庙"，有人说是皇上下令修的，但是更多人说是老邓师傅和工匠们修建的。人们还在永远纪念这位姑娘。

黄瓦财神庙与雍正皇帝

北京的庙宇真不少，其中供奉财神爷赵公元帅的庙尤其多。但一般的财神庙都不大，也没有什么气派，房顶上都是灰筒瓦。但是在南锣鼓巷对面的北锣鼓巷南口东侧有一座特殊的财神庙，在一片灰合瓦的民房建筑中，有三间坐北朝南很显眼的黄琉璃瓦顶的大殿，被当地百姓称为黄瓦财神庙。黄瓦除皇宫以外是不准随便使用的，谁要是随便用了，会被称为僭越，严格起来是要被砍头的。那么，这座财神庙为什么愣是敢用黄瓦呢？

传说早年间，此庙也是灰筒瓦顶。在清朝康熙皇帝时期，康熙的儿子雍亲王胤禛（后来的雍正皇帝）住在雍亲王府（现在的雍和宫）里。胤禛每天上朝到皇宫都要从这灰不溜秋、没有一点儿灵气的小财神庙经过。他行走的路线是从雍亲王府出发往南，到北新桥再往西，到鼓楼再往南，进地安门奔皇宫。胤禛想继位当皇帝的心由来已久，可是康熙皇帝共有三十五个皇子，十一个儿子因为幼年夭折，没有列入排序，而列入排序的有二十四位。这些皇子有作为、有本事的也不少，比如其三子胤祉还主持编撰了《康熙字典》……胤禛是四阿哥，其生母出身低微，他也没有什么崭露头角的表现。可是他想当皇帝的心切切，到底能不能实现当皇帝的梦想还真是虚虚的，没有一点儿底儿。

　　胤禛对佛无比虔诚，每次路过这个财神庙，他都在心中默默地祷告："赵公元帅显显灵吧，求您保佑我继位当上皇帝吧！"有时候，他干脆下马进庙去朝拜，并且许愿：只要财神老爷您保佑我当上皇帝，我一定重修此庙，再为您重塑金身……

黄瓦财神庙

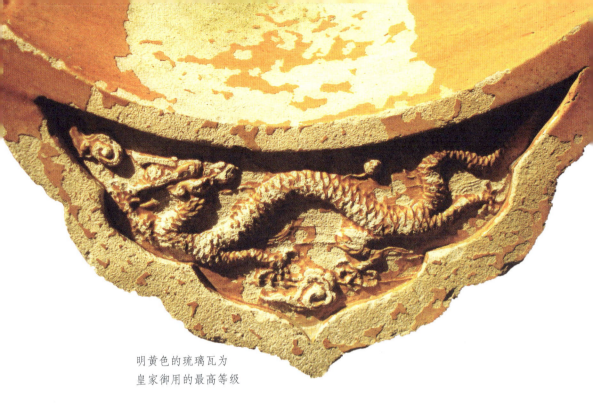

明黄色的琉璃瓦为
皇家御用的最高等级

一天夜里，胤禛做了一个长长的梦，财神爷来到他的身边，向他面授机宜：天机不可泄露，要不显山不露水地把自己隐蔽起来，与世无争的姿态才能使你不会成为众矢之的；要"团结"对手，巧妙地从中暗取利益；还要舍得花重金招兵买马组织一支精干、忠诚的团队；更要想办法取悦皇阿玛康熙皇帝……财神爷告诉胤禛，只要按他说的去做，保准将来能登上皇位。

胤禛按梦中财神爷的教诲逐一去做，条条落实。就说讨好皇阿玛这条吧，胤禛掐算好时机，带着自己的两个儿子（其中一个就是继雍正皇帝胤禛之后的乾隆皇帝）在后花园与康熙皇帝相遇。康熙的孙辈多得数不清，很多孙辈连皇帝的面都见不到。而康熙一见到胤禛的两个儿子聪明伶俐，打心里喜欢，立马将这俩孙儿养育在宫中，这对胤禛实现梦想也起了不小的作用呢——要知道，康熙不仅考虑到自己的"接班人"，连隔代的"接班人"也要早做"规划"呀！

　　再回过头来说胤禛，他自小就不同凡人。他出生后，为他选奶妈可是愁坏了不知多少朝中官员。一批批奶妈，小胤禛概不接受，哭闹不止，不肯吃奶。后来有个"半仙"说：这个胤禛受命于天，他的奶妈应是一位手托方印、脚踏青龙的农村健壮哺乳妇人……康熙听后赶紧降旨，限期在京城周边的几个村县寻找手托方印、脚踏青龙的奶母……千寻万寻，两个差人终于在宛平县黄各庄的菜园里，见到一个手托一方雪白豆腐，站在长满青草水流哗哗的垄沟上，背上背着一个几个月大婴孩儿的妇人，正喊其丈夫回家吃饭呢！得了，就是她了！差人把这个妇人带回宫里，小胤禛不哭不闹乖乖地大口大口吮吸起

雍正皇帝朝服像

雍正御用印玺有三百余方

来……是这个妇人一直把胤禛哺育长大，她自己的孩子却只得交给旁人抚养了。胤禛继位后，奶妈去世了，胤禛还为她建了一座坟。

至于说到胤禛的企盼，他最后还真是如愿以偿了，他真个是登上了皇帝的宝座，成了雍正皇帝。如此的结果，使他对财神爷的灵验更是笃信不疑了。怎么办？实现自己的许诺，重修这座财神庙！

胤禛派人将原来的庙拆除，屋顶使用了至高无上的黄琉璃瓦。这座财神庙，正殿面阔七米多，进深近四米，虽占地不大，但气势恢宏，庄严肃穆；屋顶起五脊，主脊有鸱吻，四条垂脊各有仙人、三兽……庙内供财神、药王和鲁班。财神赵公明居中央，黑面浓须，骑着黑虎，一手执银鞭，一手持元宝，身着戎装，威严肃穆……今天到北京著名的南锣鼓巷游览的客人，不知道这个故事的，匆匆地一掠而过；知道这个故事的，禁不住在庙前多多地看上一番！

拈花寺与牤牛桥

北京旧鼓楼大街北部的大石桥胡同深处有座拈花寺，山门的匾额"敕建拈花寺"，仍清晰可见。但因年久失修，现在只可外观，不能进入了。

拈花寺原本是一座不小的寺院，在拈花寺不远的后海边还有座拈花寺的下院，名为大藏龙华寺，又名小龙华寺。

拈花寺是清雍正十三年（1735）在千佛寺的旧址上重修的，更名为"拈花寺"。

千佛寺是明万历九年（1581）司礼监太监冯保奉孝定皇太后命创建的。孝定皇太后是万历皇帝朱翊钧的母亲。这位太后一贯信佛，她认为是自己信奉佛祖才保佑儿子当上了皇帝。因此命司礼监的掌印太监冯保修了这座千佛寺。

我们讲的是千佛寺的首任方丈韧融高僧与他的牤牛的故事。

拈花寺旧影

韧融和尚是四川一代有名的高僧，他没有固定的寺庙，而是喜欢云游四海。他身边没有旁人伺候，始终有一头牦牛跟随着他。

牦牛即是公牛，也称牯牛。说到牛，大家都不陌生，牛给人们的印象是忠诚、正直、勤劳，是一种非常有灵性的动物，与人相处长了会有很深的感情，还懂得知恩图报。

韧融和尚在牦牛还是小牛犊时就饲养它。小牛犊长大以后，和韧融和尚配合默契至极，如果它正趴在地上休息，韧融一走近它，它便会立刻站起来等待主人的指令。成年的这头牦牛每天驮着韧融和尚四处化缘。韧融骑在牛背上，手敲引磬，口诵佛号，向人们募化。沿

牦牛知恩图报，与人吉祥

途遇到庙宇或村庄，他便走进庙宇，落脚村庄稍事休整。牤牛便独自驮钵外出募化。牤牛不怕辛苦，它常为寺僧和村民驮水、驮粮。每过一地，人们都喜爱这头勤劳通人性的牤牛。

韧融和牤牛的足迹踏遍了大江南北。他们一路北上，不知走了多少年，来到了北京城，韧融和尚与牤牛都渐老了，不再以四海为家了。北京的千佛寺刚好建成，名气大大的韧融和尚就落脚千佛寺，并成为了首任方丈。千佛寺因韧融和尚而名声大振，当时莲池、紫柏、憨山等许多名僧都慕名到千佛寺向韧融"参学"。

韧融不可一日闲，总忙着讲学、交流，募化的任务就由牤牛独自去完成。牤牛背上驮一黄布捎马子，在京北一带募化供养：近处在城里鼓楼一带，远处到清河等郊区，朝出暮归，从不间断。

天长日久，人们便熟悉了这头千佛寺方丈韧融法师饲养的"募缘牛"了。只要听到这牤牛吼，人们便纷纷出来施舍：捐钱币银两，献柴米油盐，缴果品蔬菜……牤牛点头谢过众人，把物品运回千佛寺，每日都是满载而归。人们亲热地叫牤牛"大牤子"，它是人们生活中的一道慈善向佛的风景线。

一天早上，牤牛与韧融告别后，又独自上路去募化；傍晚，当它往回走，到了北土城护城河畔时，感觉有些累了，便卧在地上喘口气休息一会儿。这时突然从远处跑来一位大叔，急冲冲地对牤牛说："大牤子，你赶快回寺庙，听说韧融高僧圆寂了！"牤牛听了，立刻站起，泪如泉涌，仰天大吼三声，滚地身亡。听到牤牛吼声的百姓纷纷走出家门，看到这惊人的一幕，无不感慨：此牛不凡，通人性，有佛缘，懂报恩，是神牛啊！

2013 年 8 月，拈花寺腾退交接工作启动，拈花寺进行大修，大殿将复建

　　千佛寺的众僧侣为了纪念韧融高僧和他的牤牛，就在北郊土城外修了一座塔院，将韧融高僧安葬在那里。在"神牛卧化"的护城河畔修了一座单孔拱石桥，桥栏处有两块刻牛形的石头，命名为"牤牛桥"，并将牤牛葬于附近，还修了牤牛庙和牤牛坟来纪念这头神牛。

　　如今一座新的牤牛桥仍立在传说中牤牛身亡不远的地方，这一地带仍以牤牛桥著称。

鸡狮石与积水潭

走出北京地铁 2 号线"积水潭"站东南方向 C 出口不到三十米，"汇通祠"的大牌楼就矗立在道旁。据资料记载，汇通祠始建于元代，郭守敬曾在那里长期主持元朝的水利、水系的建设和设计工作，当时称龙王庙。明永乐年间，汇通祠被称为法华寺，又名镇水观音庵。清乾隆二十六年（1761）重修，改名为汇通祠。1976 年，因修建地铁，汇通祠被全部拆除。20 世纪 80 年代，西城区政府在整治修复什刹海工程时，在汇通祠原址堆土为山，在小山的顶端重建了汇通祠。如今看到的汇通祠实际是 1988 年按照原建筑形式重新修建的。

清高宗乾隆在 1761 年有御题《汇通祠诗》，并制诗碑于祠后：

潴蓄长流济大通，澄潭积水映遥空。
为关溯洞应垂制，因葺崇祠喜毕工。

20 世纪 80 年代复建汇通祠后所修筑的牌坊

海寺月桥率难考，灯船歌馆漫教同。

纪吟权当留碑记，殷鉴恒深惕若衷。

汇通祠这里，在寺庙堂后立有一石，层叠如云，相传为铁陨石。高六尺五寸，下为石座承托。石头的阳面，有天然形成的类似一鸡一狮的形状，鸡为左向右走势，狮为右向下伏势。陨石顶的高处，另外镌刻有居左向右走势的高四寸的鸡和居右向左卧势长七寸的狮。这两鸡狮都是天然形成的形貌，后来被雕刻者加以摹刻，越发显得形象逼真，被民间俗称为"鸡狮石"。

关于这个鸡狮石还有一个传说故事呢。

有一年夏天，半夜里刮起大风，下起暴雨，霹雷闪电响个不停。雷电白蓝光弧跃动中，一道红光从天而降，随着一声闷响，北京城家家户户的房子都震得摇晃。人们从睡梦中惊醒，不知道外边发生了什么事情，谁也不敢打开门或挑起窗户往外看，这后半夜人们谁也没敢合眼。

第二天一早，雨不下了，风

在汇通祠内用人工打造的一块石头，充作"鸡狮石"

也停了，有胆大好奇的人，循着估摸的方向找到红光坠地的地方，想知道夜里到底发生了什么事儿。大家来到西北城墙内的洼地一看，可不得了，洼地被砸出一个大坑，一块一人多高、二人合抱的黑色大石头柱子，像个黑铁塔斜戳在坑的中心，坑四周的草都被熏黑了……有两三个莽汉靠近用手摸了摸，说这石头还挺烫手的，热着呢！

天上掉下一块石头的事一传十，十传百，很快就在京城传开了。

第三天傍晚，从西边走来一位白发白须的老人，还牵着一头小毛驴。从驴背上的褡裢里露出的锛子、斧子、凿子，一看就知道这是一位老石匠。

老石匠见人就打听天上掉下来的石头，想饱饱眼福，看看这块石头有什么特殊的地方。

有几个爷们带他来到坑边，有的人对老石匠说，这块石头可以雕一对上马石、下马石或拴马柱，有的说可以雕成一对狮子。

老石匠走到石头跟前，双目炯炯，好像看穿了石心。他轻轻抚摸着石头，小声说道："在天在地，无二无杂，人间几轮回，终有回归日，你要变样啦，老弟！"然后对几个爷们说："这物件是有用之材，可以养一方人哪。这是个宝贝，你们可要好生看待啊！"说完，牵着小毛驴走了。

几个爷们面面相觑，没听懂老石匠说的什么意思。等回过神来想再问问哩，老石匠却没了踪影。

夏天闷热的晚上，人们都喜好聚在场院里闲扯，又说起这块石头。一位老人说："从俺爷爷那会儿的经验来看，这是从天上掉下来的一颗星，它在天庭上犯了事，被老天爷贬到凡间来了，变成了石头，让它在世间赎罪，什么时候石头碎了，就赎完罪了，才能回到天

255

上述职。"

这天夜里特别黑，过了三更又刮起了大风，接着传来"噼噼啪啪"敲击石头的声响，声儿一会儿大，一会儿小。

到了五更天，雄鸡报晓，天蒙蒙亮了，风停了，敲击石头的声音也没有了。那些沉不住气的汉子老早就起来了，又走到洼地里去看那块石头，看看夜里又发生了什么事儿。这一看，所有的人都惊呆了，不知谁把这石头搬到了坑边的平地上，石头的石皮被凿了下来，里面是晶莹剔透的白色冻石，上面还雕刻了许多物件！大家围拢过去，看了半天，发现上面有山峦，有云气，有星辰，下边有水流，有浪涛，最好看的是石柱的顶部刻有若飞若动、栩栩如生的一只大公

积水潭夜景

鸡，还有一头毛发威猛的雄狮。鸡、狮的脚下是八方、太极、兽头的须弥座。

大家你一言我一语地谈论着，怎么一夜之间这石头就变了样？真是怪事。一位长者围着这石头仔细打量了一番，然后，几个汉子用杠子把它抬起来，放在了土地庙里。

这位长者说："这肯定是鲁班爷下凡，把这块天上掉下来的石头给雕琢成了公鸡和雄狮，还有山水、云气、星辰，说不定这是块有仙气、灵气的宝贝。你们看公鸡啄世间之毒虫，辟邪祛恶，此为天鸡，是祥瑞之物；雄狮是百兽之王，集疾恶与善德于一身、骁勇威猛，为灵兽镇物。山水、云气、星辰是天合之景象。咱们这穷乡僻

壤有了这宝贝，就要变了，是这一方水土的好兆头，是咱们百姓的福气啊！"

说也奇怪，自打这块石头下凡，人们有个大病小灾的，只要摸摸石头上的狮子和公鸡，病自然就能好了，大家把它视为吉祥之物，供奉在土地庙中。后来这件事不知怎么被朝廷知道了，便派人想把此石运走。可你说也邪了，不管官员指挥着用多少壮劳力，也无法将此石运走，最后只好作罢。

这块洼地经这块天外来客这么一砸，又扩大了不少。后来又与玉泉山的水接上，形成了几处成片的海子。因此，人们便把鸡狮石周围的水域称为鸡狮潭或鸡石池。

元朝定都大都后，指派大臣郭守敬兴建水利，把这里疏通改建成货运码头，并堆土成山，在土山上建了一座镇海龙王庙，那块鸡狮石也被从土地庙里抬出来放在了龙王庙后墙外了。多年的精心营建之后，这里波光粼粼，漕船穿梭，一派北国江南的景象。

忽必烈从上都回到大都，路过积水潭时，见其上"舳舻蔽水"，大悦，亲赐名为通惠河，并赐郭守敬钞一万二千五百贯，命他仍以太史令职兼提调通惠河漕运事⋯⋯

当然，这也只是一个传说而已，鸡狮石的真正来历恐怕谁也说不清楚。

20世纪60年代中期时，积水潭汇通祠的鸡狮石被人从山上滚到山下用铁锤砸碎。1988年又有一块仿制的鸡狮石摆在祠后，也就是我们今天看到的鸡狮石。

"門"字为啥没有钩？

　　繁体的"門"字，简体的"门"字，都有一个"亅"（竖钩）。但北京城内城外的几十座城门楼，每座城楼牌匾上的"門"（门）字，传说个个没有钩。这是咋回事呢？

　　一种说法是说：龙是既能在水中游，又能在天上飞，还能在陆地上爬行的奇异动物。龙的腿短爪子长，爬行时必须肚子着地，万一出门时，一不留神，肚子被门字的钩给剐上了，那可不得了！皇上是天之骄子，是真龙转世。"门"字上有钩是不吉利的，钩是钓鱼、钓虾、钓蛤蟆、钓王八才用的。皇上待的地方，门上有钩是干吗用的？这自然是犯忌讳的。

　　另一种说法是说：在明洪武十五年（1382），皇帝朱元璋到国子监集贤门视察，看见"集贤门"的"門"字有这向上挑的钩（亅），就怒了，询问是何人所书。随行人员战战兢兢，告诉皇上：这是詹

259

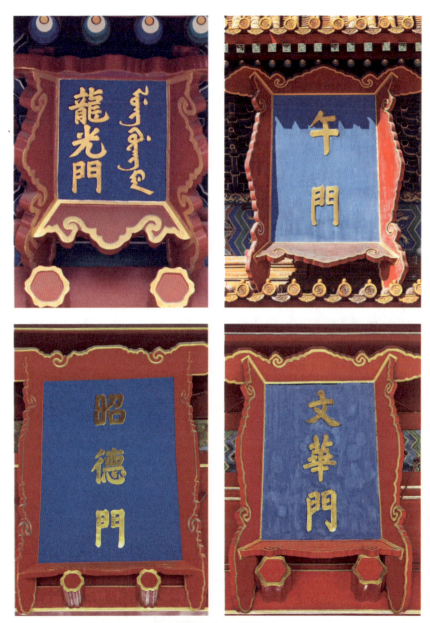

故宫额匾上各种"门"字

希源（当时有名的书法家）所书。朱元璋怒道："朕正集天下之贤士，他却给关门塞贤，其罪可诛！"即刻，大书法家詹希源人头落地。从此，文人再写门额时，"門"字都不敢带钩了，以免招来杀身之祸。

再有一种说法是说："門"字的"亅"是火笔，"門"字带钩易引发火灾。传说南宋时期皇宫玉牒殿（档案库）发生了火灾，火势越来越大，眼看要烧到皇上起居的大殿了，众人急忙灭火。一名大臣跑来对皇上说："殿门匾上的门字有脚钩，那是火笔，是它招来的火灾……"皇上马上令家奴将殿门的额匾取下，投入火中。额匾化为灰烬，熊熊大火立即被扑灭。从此以后，皇上下旨：皇宫内外所有的额匾上，"門"字都不能带火笔钩。

走走中轴线上包含故宫的十七座大大小小的门，确实能发现"門"的末笔不带钩，这是有讲究的。但是故宫内部也有一些门不仅带钩，而且还很明显，比如履顺门、昌祺门、锡庆门、皇极门等。但是统计一下，这些带钩的匾额都是乾隆年间或者其后写的，而且多为乾隆帝御笔。看来乾隆帝不相信传说啊。

反正前后左右，是有好几种说法吧。

这样，北京城内外很多座城门和古建中的门，您自己走走瞧瞧这四九城，看看他们凡写"門"时，最右边的那笔"亅"是否都改成了"丨"。

到北京城四处去看看。

咱们走起！

过年贴的门神爷

门神，是护门之神，民间把门神视为驱邪魔、卫家宅、保平安、祈福禄的保护神，门神也是最受百姓喜欢的神祇之一。

人们对门神的信仰由来已久，据《山海经》记载：

在苍茫的大海中有一座度朔之山，山上有棵大桃树，树干蜿蜒盘伸三千里。桃枝的东北有一个万鬼出入的鬼门。门两边各有神人把守着，一个叫神荼，一个叫郁垒。他们专门监视那些害人的鬼，一旦发现便用芦苇编的绳索把这些害人的鬼捆起来，扔到山下喂老虎。后来人们就在门上画上神荼、郁垒和老虎的像来驱鬼避邪；或是用两块桃木板画上神荼、郁垒的画像挂在门的两边。门神都是成对的，一般是左神荼，右郁垒。

各地供奉的门神是不一样的，咱老北京贴在临街大门上的门神，一个叫秦琼秦叔宝，一个叫尉迟敬德，这两位是唐朝著名的武门神爷。各家的后门一般是单扇门，后门只贴一位，贴的是唐太宗李世民的宰相，大名鼎鼎的文臣魏徵。

北京的门神为什么是这三位呢？这里面有一段故事。

相传唐太宗贞观年间，有年夏天，京城长安连降三天暴雨，造成洪水泛滥，房倒屋塌，百姓死伤无数。这是怎么回事呢？原来是泾河的龙王违背了玉皇大帝的圣旨。玉皇大帝看到人间土地干旱，急需雨水，命令泾河龙王下三天的和风细雨；结果这个龙王玩忽职守，擅自下了三天的恶风暴雨，给百姓造成了灾难，这也就给它自己闯下了杀身之祸。这条蛟龙为了保命，就去求助于唐太宗李世民。因为人称

过年贴的门神爷

宫门上的门神爷

皇上本都是"真龙天子"，他们与众龙都有很好的"交情"。

这天夜里，唐太宗梦见一条蛟龙靠近了他的床边，苦苦地向他求救。蛟龙向唐太宗述说了自己违反玉帝圣旨，犯了天条，被判死罪之事，并说第二天夜里子时，将会由朝中宰相魏徵到天庭斩妖台监斩。这蛟龙央求唐太宗缠住魏徵，不让魏徵睡觉——因为在梦境之中的魏徵才能上往天庭，这样他就无法上天行刑，蛟龙便可保住性命……皇上听了，以为这事是举手之劳，便一口答应下来。

唐太宗早上醒来，梦中的事还在脑间缠绕，便传旨给魏徵："今夜子时之前，进宫见驾！"

当天夜里子时前，魏徵便来到了内宫，皇上邀他陪伴对弈。唐太宗想：这下魏徵就无法睡觉——也就无法去天庭，蛟龙就能保住性命了。哪知在唐太宗专心致志琢磨怎么拼杀的路数时，整天为朝廷大事操劳的魏徵却睡着了。还没容皇上叫醒他，子时报时的钟声响了……

而魏徵呢，他人虽在唐太宗的眼面前，但实际上也正在另一场梦境之中：玉皇大帝下了诏书，命他上天庭监斩违反了圣旨的泾河龙王。这魏徵奉行无二，已经行刑完毕……

这下子，麻烦可就大了：泾河龙王由此怪罪唐太宗不守信用，夜夜来纠缠不休。这就搅得皇上夜夜做噩梦，总梦见泾河龙王向他索命。皇上吓得魂不附体，没处躲，没处藏……

于是，武将秦琼秦叔宝和尉迟敬德自告奋勇为皇上守卫宫门。有两位大将的守护，皇上能安安稳稳地睡觉了。为了确保皇宫内的安全，魏徵手持诛龙宝剑在后门守住。从此，皇宫内院便平安无事，皇上可以高枕无忧了。

过了些日子，秦琼秦叔宝、尉迟敬德和魏徵由于夜夜守卫在前门、后门处，身体渐渐吃不消。皇上便命宫中画师把这三个人的相貌画下来，贴在前门和后门上，以此镇住各路鬼怪。这一招儿还真灵，皇上大喜，传旨御封这三张画像为"文武门神爷"。

于是，从唐太宗以后，宫门上贴门神爷的习俗便在各朝各代沿袭下来，以后逐渐传到民间。每年过春节时，家家户户都在门上贴上金盔甲胄，一个持鞭，一个执枪，一个黑脸浓须，一个白面虬髯的门神爷，求的是安安稳稳居家过日子，防止妖魔鬼怪进宅害人。

今天，我们再贴门神已不是旧时的那些意味了。这些门神在精神意义上护佑着中华民族的子子孙孙。我们喜欢这种五颜六色的吉祥门画，因为贴上门神，不仅增加了节日的气氛，也使我们在精神上得到了愉悦！

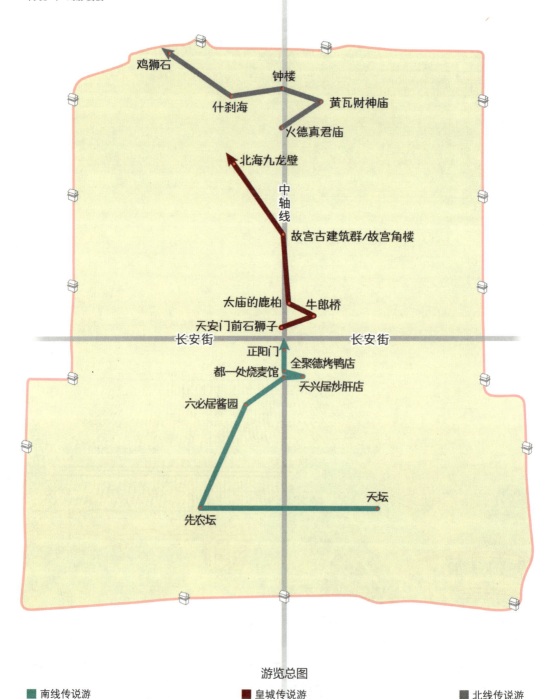

游览总图

■ 南线传说游 ■ 皇城传说游 ■ 北线传说游

注：景点介绍依据其所在地理位置摆放，大致与手绘街区地图匹配。受篇幅所限，手绘图与推荐游览顺序存在不一致的情况，请参照序号对应推荐游览顺序。此外，景点可能基于修缮、布展、改扩建等原因短期闭馆，建议读者提前查阅最新信息，再前往参观。

一、南线传说游

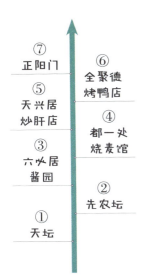

⑦ 正阳门
⑥ 全聚德烤鸭店
⑤ 天兴居炒肝店
④ 都一处烧麦馆
③ 六必居酱园
② 先农坛
① 天坛

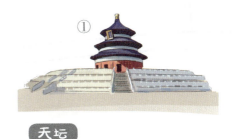

天坛

地址：**东城区天坛东里甲1号**

简介：天坛始建于明永乐十八年（1420），是世界上现存最大的祭天建筑群。园内有圜丘坛、回音壁、九龙柏、益母草、祈年殿、七星石等，处处流传着美好的传说。如在皇穹宇西北的"九龙柏"，树干表面纵向布满九条沟纹，犹如九龙腾飞，至今已有五百八十多年的树龄。传说永乐帝到天坛求雨时，九条小蛇在此迎驾后变化而成，故又名"九龙迎圣"。

📢 需提前一至七天在微信公众号"畅游公园"或"天坛"上预约购票，可选择购买门票或联票，联票含祈年殿、圜丘坛、回音壁等景点门票。九龙柏位于皇穹宇西北方向。

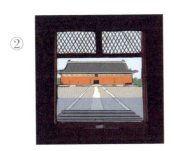

先农坛

地址：**西城区东经路21号**

简介：先农坛始建于明永乐十八年，每年开春皇帝会率领文武百官来此行耕耤礼。京官难当，所谓"宛平城的知县——一年一换"。这年，光绪帝到先农坛亲耕耤田，耕牛不肯挪步，眼看众臣都要问罪，幸亏宛平的王知县熟悉农耕，忙上前牵牛行走，保住了皇帝的威严。从此，宛平县官升一级，没人再取笑宛平县官了。

📢 需提前一至七天在微信公众号"北京古代建筑博物馆"上预约购票，每周三前两百人免费。

③

六必居酱园

地址：西城区粮食店街 3 号

简介：六必居始创于明代，据说最初由山西人赵存仁等六人合股开设，花重金请权臣严嵩题写匾额，严嵩先写了"六心居"三个字，但想到"六心"岂能友好合作，他便在"心"上加了一撇，"六必居"老字号就此延传。"六必居"所经营的甜酱黑菜、甜酱八宝菜等为北京人居家饮膳必备之物，并供奉宫廷御用。为方便店家进出宫门，慈禧太后特赐黄马褂和腰牌。

④

都一处烧麦馆

地址：东城区前门大街 38 号

简介：前门大街是中轴线上最繁华的商业街，街上有不少著名的老字号。据说，清乾隆十七年（1752）除夕夜，乾隆帝途经前门时所有店铺都已上板封灶，只有一家酒铺亮灯营业。乾隆见店家招待周到，酒味浓香，当听说此店没有名号时，便说：此时京城开门者只你一家，就叫都一处吧！并亲笔为"都一处"题名。直到现在，都一处每日都是顾客盈门。

⑤

天兴居炒肝店

地址：东城区鲜鱼口街 81—83 号

简介：鲜鱼口，明初已成巷，因胡同内鲜鱼市而名。巷内有天兴居炒肝店、黑猴商店等老字号商铺。天兴居是与"会仙居"合并后沿用的名字，以制作风味小吃炒肝闻名。传说有一年夏天，有位客人吃过炒肝后伏桌便睡，突然天降暴雨，雨后该人踪影皆无。人们传说这是仙人猪八戒专门来访，时有民谣："谚语流传猪八戒，一声过市炒肝香。"天兴居自此享誉北京。

⑦

正阳门

地址：天安门广场南端，前门大街北侧

简介：正阳门是明清两代都城的正门，俗称"前门"，原名丽正门。据说明英宗时，京城常有鬼魅作怪，有道士进言道，"丽"形容女子美貌，不该用于国门。于是改名"正阳门"，意为圣君如日，帝都永固，从此鬼魅消失。正阳门瓮城内，原有观音庙和"天下第一关帝庙"。传关帝庙内有三宝，一是约两百公斤的关公大刀，二是唐代吴道子的关公画像，三是曾帮助朱棣破案的汉白玉白马。

正阳门瓮城城墙早已被拆除，如今我们只能看到城楼和箭楼。

⑥

全聚德烤鸭店

地址：东城区前门大街 30 号

简介："不到长城非好汉，不吃全聚德烤鸭真遗憾！"全聚德创始人杨全仁，河北省人，十五六岁逃难到北京，在一家杂货店当小伙计。1864 年，他以低价买下连年亏损的"德聚全"干果铺。据说经风水先生指点，颠倒"德聚全"三字为"全聚德"，聘请专做御膳挂炉烤鸭的孙师傅主灶，不断改进烹饪技术，使全聚德传统挂炉烤鸭誉声远近。现为享誉中外的中华著名老字号。

二、皇城传说游

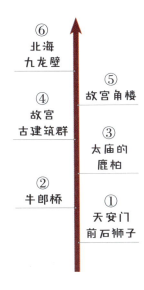

```
⑥
北海
九龙壁
              ⑤
              故宫角楼
④
故宫
古建筑群       ③
              太庙的
              鹿柏
②
牛郎桥         ①
              天安门
              前石狮子
```

牛郎桥

地址：天安门以东，菖蒲河上

简介：天安门前，有五座汉白玉桥横跨在外金水河上，象征天汉银河。外金水河的东段，因河中生长菖蒲名菖蒲河。明永乐帝建都北京城时，在菖蒲河上建牛郎桥，与西苑的织女桥遥相呼应，象征银河侧畔的牛郎星和织女星。相传每到农历七月七日之夜，朱棣会带着嫔妃到这里观星游乐，由彩灯组成酷似彩虹的鹊桥，让牛郎织女相会。现牛郎桥已复建，供游人观赏。

天安门前石狮子

地址：天安门前，金水河北岸

简介：天安门金水河北岸，有一对敦实精美的守门石狮。西边那只石狮的前胸有一处明显的凹坑伤痕，传说那是闯王李自成用枪所扎。明崇祯十七年（1644），李自成起义军攻入北京城，当到达承天门时，发现这只石狮后有人。李自成拖枪催马，直奔那个石狮扎去，"当"的一声，石狮胸前落下一个枪坑！藏在后面的京营总督李国祯当场被活捉，明军彻底溃败。

④

故宫古建筑群

地址： 东城区景山前街 4 号

简介： 故宫是中国现存最大、最完整的古建筑群。传说当年明成祖任命刘伯温为皇宫总设计师，要像天宫那样建造一万间宫殿。没想到当晚玉皇大帝托梦给他们，想要江山永固，房间数目不准超过天宫，还要有三十六金刚、七十二地煞保护，否则皇位不保。现在故宫里的宫殿实为八千多间，宫里摆着三十六口包金大缸，建有七十二条地沟，正合金刚、地煞之数，不信您可以去数数。

📢 需提前一至十天在"故宫博物院"官网或微信公众号"故宫观众服务"上预约购票。带好身份证件，从午门（南门）安检后进入故宫。

③

太庙的鹿柏

地址： 天安门东侧北京市劳动人民文化宫（太庙）内

简介： 太庙是明清帝王祭祖的宗庙建筑，始建于明永乐十八年（1420）。在太庙西区苍翠的古柏林中，有一棵形似奔跑回首的梅花鹿，人称"鹿柏"。传说它叫"十儿"，由小太监李九儿偷偷藏养长大。但在秋祭时，藏在隐匿处的十儿受到鼓乐声的惊吓，奔跑中不幸被御林军射中。瞬间传出一声巨响，梅花鹿化成秀丽的柏树，至今树身上还有被弓箭射中后留下的疤痕。

⑥

北海九龙壁

地址：西城区文津街1号，北海公园西北

简介：中国著名的三大九龙壁，体量最大的在山西大同；级别最高，有正面龙的在紫禁城；壁面前后都有九条龙的双面壁，就在北海公园。传说乾隆年间，西藏密宗高僧给北海九龙壁开光。霎时间天空布满了五彩祥云，有个小孩儿把一块手帕抛向九龙壁第九条龙的头部，忽然龙眼、龙须都动了起来。人们说北海九龙壁的龙最有灵性，能够保佑世人平安。

📢 需提前一至七天在微信公众号"畅游公园"上预约购票，可选择购买门票或联票，游览九龙壁选择门票即可，联票含永安寺（周一关闭）、团城等景点门票。

⑤

故宫角楼

地址：东城区景山前街4号

简介：紫禁城的四个城角上，各有一座金碧辉煌的角楼。据说这是明永乐帝在梦里见过的式样，下旨在三个月内完成。过了一个月，木匠们也毫无头绪。这天来了位卖蝈蝈的老头，木匠一看这秫秸编的蝈蝈笼子跟皇上要的样子一样。大家忙照着蝈蝈笼子做出样型，如期建成九梁十八柱七十二条脊的角楼。人们都说那个卖蝈蝈笼子的老人是鲁班爷下凡。

275

三、北线传说游

⑤
鸡狮石

④
什刹海

③
钟楼

②
黄瓦
财神庙

①
火德
真君庙

钟楼

地址：东城区钟楼湾胡同内

简介：钟楼在鼓楼北一百米左右，两楼前后纵置，巍峨壮观，暮鼓晨钟象征着国泰民安。传说此前皇上下旨，限期三个月铸成两万斤铜钟，否则格杀勿论。眼看交差的日子逼近，钟还无法铸成。老邓师傅的姑娘为了给钟注入灵性，纵身跳入滚烫的化铜锅，突然锅内放出异彩金光，八寸厚的大铜钟终于铸成。铸钟厂内有座"铸钟娘娘庙"，寄托着后人对这位姑娘的哀思。

火德真君庙

地址：西城区地安门外大街 77 号

简介：火德真君庙俗称火神庙，坐北朝南，相传始建于唐代。据传这座庙的火神爷脾气最大，也最为灵验。传说明天启年间，火神爷嫌待遇太低，突然左摇右晃，从神像滚出个红色的大火球，接着王恭厂发生大爆炸。从此火德真君庙被列入皇家祀典，每年农历六月二十二日，太常寺的大小官员就会代表皇帝和国家，到火神庙祭祀火德真君，以求得消弭灾患。

②

黄瓦财神庙

地址：东城区鼓楼东大街 117 号

简介：老北京的财神庙很多，但庙的屋顶都用灰瓦，唯独这座庙用黄瓦。传说早年间，此庙也是灰筒瓦顶。到了清康熙帝在位时，四阿哥雍亲王胤禛到这座财神庙许愿："只要财神老爷您保佑我当上皇帝，我一定重修此庙，为您再塑金身。"待到胤禛坐上龙椅，成了雍正皇帝，便派人将原来的庙拆除，屋顶使用了黄琉璃瓦。此庙成为北京独一无二的黄瓦财神庙。

⑤

鸡狮石

地址：西城区德胜门西大巷甲 60 号，汇通祠内

简介：鸡狮石状如一鸡一狮，据说是块天上掉下来的铁陨石。不久，有位老石匠经过这里，噼噼啪啪地敲了一夜。第二天发现石头上雕着星辰、云气、山水，顶部刻有栩栩如生的一只大公鸡和一头毛发威猛的雄狮。人们说这是鲁班爷下凡，给我们带来了福运。此后，谁有个大病小灾的，只要摸摸石头上的狮子和公鸡，病就好了。

④

什刹海

地址：西城区前海西街

简介：什刹海包括前海、后海和西海，俗称"外三海"，当地老人又说叫"十窖海"。传说明永乐帝要修北京城，可手里没多少钱，便抓来活财神沈万三，让兵将押着他边走边打，直到沈万三说出藏宝地点。沈万三来到皇城西边，说"就这儿吧！"士兵真的挖出十窖四百八十万两银子。以后大坑里有了水，就叫"十窖海"。待这里建了十座庙宇，这才改叫"什刹海"。